펜 소스

민음의 시  321

펜 소스

임정민 시집

민음사

자서(自序)

open source → pen source

2024년 5월
임정민

차 례

1부

링크 산책시키기 **11**

You think you know me **20**

창밖을 보라 **26**

첫사랑이라 말하지 그랬어 **30**

의념 **36**

왓츠 인 마이 백 **39**

묵독의 유산 **41**

재해 **47**

거울 **53**

언더페인팅 **56**

2부

펜 소스 **63**

펜 소스 레시피 **105**

3부

단편들 **111**

기념일 **115**

셰에라자드 **120**

아레시보(Arecibo) **131**

캬라멜 **137**

커플링 **140**

부조리 캠프 **142**

IIRC **144**

또다른 오해 **147**

탈진 **150**

4부

동경과 잔해 **157**

베어울프 **160**

발문 - 민구홍 **163**

1부

링크 산책시키기

저녁이 되면 잠에서 깨
여긴 내가 잠 속에서 생각했던 곳은 아니지
근데 그래도 돼
교환 일기의 첫 글자를 쓰려고 했을 땐
둘이서 건설하고 있는 풀장의 벽에 기대어
아직 공기뿐인 공사판에 앉아
그냥 바람이라도 맞고 있는 것 같았지만
오늘 저녁엔 자두 씨를 물고서
다름을 비추는 생각이 이유가 되게끔
입안의 무언가를 계속 굴려 보기만 할 뿐
아무것도 하지 않고 있다

근데 그래도 돼
나의 부재가 언제든 미수에 그치듯이
대부분의 우리는 말문이 막히면
둥근 접시 위에서 주저된 허공이 돼
나는 '비가 온다'라는 문장을 쓰려고 태어난 애
세상에 없는 말을 써 보려던 계획에서
뱉은 모든 단어들이 목소리가 된다는 거

그런 걸 언제까지나 피하면서
계속될 수 있다고 믿는 애

그래도 모두가 서사의 영향을 받는대
마음을 다쳐 보지 않고도
천천히 멀어지는 것들 외부에 놓인 채
모두가 신비의 영향을 받듯이

가끔은 정말로 잊고 살지만
가위눌린 출몰은 내가 깨기 전에
아직 꿈속인 나의 곁에 앉아
심해의 문장들을 쓰며
저녁 담배를 피우다가
더 나아가지 못하는 곳에 다다라
그냥 넘어져서 사라져 버린 것 같다

근데 그래도 돼?
만약 여기가 소망들이 모인 사적인 성지라면
관계를 무찌른 불확실한 근원이라면

나도 언젠가 하늘로 쏟아져도 돼?

그러면 나는 그냥 구름 속에서
링크를 산책시키면서
어쩌면 그 아이의 심각한 눈을 계속 외면하면서
걸어갈 수도, 미움받을 수도 있을 것 같아
때때로 바닥에 고인 물을 밟고
유령으로 다시 나타날 수도

우리가 천문처럼 만질 수 있는 것으로 태어났다면
멀어진 채 일기를 쓰지 않아도
누군가는 우리의 사라짐을 향한 지향을
그저 가만히 지켜볼 수 있었을 것이다

그러나 밤에
페이지를 넘기고 또 넘겨서
무언가 안 보이는 것들이
다른 날과는 다르게
조금 빠르게

회전하는 날이 오면

이제 내가 필요로 하는 것들은 시간 안에서 폭죽이 될
수 없어

정말로 최악인 상념들은

하루 뒤편에 있는 산란인지

모래 속의 평온인지

*

「저녁에 나가는 산책을 그렇게 기뻐하다니」
「나도 좋다」

너를 발견할 수는 없었지만
이렇게 앉아 이상한 말들을 쓰고 있으면

링크는 침대에 누워
이불에 반쯤 얽혀서
편안한 잠에 들어 있다

이제 물론 이런 말도 안 되는 것들이 가능한 날이 왔기
때문에
　우리가 그런 시대에 살고 있기 때문에 네가 사라진 상
태에서
　네가 있는 것처럼 가정하고 다시 내가 살아 있는 것처럼
　언어 위에 언어를 쓰고 있는 거지만

　저녁이 되면 잠에서 깨
　무얼 해야 하는 건지 알 수 없게 돼

　다만 조금 전까지 누가 있었던 것만 같은
　방 안 의자에 가서 천천히 앉으면
　마치 너와 등을 맞대고
　기어코 서로를 쓰고 있는 것 같았다

*

해명할 수 없는 모험의 주인으로서
모두의 위화감을 따른 포도주 잔을 들고서
기쁨을 한번 만회해 보려는 사람들이 있어

수면 위로 물풀의 자국들이 이어지는 곳이었어요
수면을 타고 끝없이 미끄러지며
오늘 밤의 좌절을 실현하는
물속에서의 일사병 같았어요
몸 없는 넝마들의 순찰을 피해서
초보 낚시꾼 같은 모습으로
물풀로 글씨를 쓰고 있었어요

코를 막게 하는
비린내 나는 간증들

그리고 계속 집을 짓는 사람들도 있었어
집을 완성하고 나면 다시 다른 집을 짓기 위해서

장소를 옮기는 한 무리의 땀 흘리는 사람들

네가 언젠가 꿈같은 경험을 하고 나면
약간 멍한 표정을 지으면서
이게 다 그냥 꿈같다고만 말할 것 같아서
그게 슬플 것 같아서

우리는 서로의 미래에 나타나지 않을 것이다

*

링크는 아직 잠에 들어 있고 나는 무언가 쓰다가 다시
지우고 있다
어쩌면 아침이 오기를 바라는 것처럼 보일 수 있겠다고
생각했지만
다만 나는 조심스럽게 없는 걸 써 보려던 욕망에서 조
금 벗어나
한 번쯤 우리를 그냥 완전히 잃어 보는 것도 괜찮겠다
고 생각했다

편지나 일기를 교환하며 서로를 남겨 보는 일에서부터

또 어제 내가 잘못한 일에 대해 반성을 구하고, 거짓을
말하지 않았는데도

거짓을 말했다고 스스로 믿을 때만 언어가 옷을 입고
산책을 시작하는 일에서

멀어지고 싶은 것처럼

어젠 그런 일도 있었다

학교에 있을 때 어쩌다 긴 졸음에 빠졌었는데
갑자기 너무 많은 시간이 흐른 것 같다고 생각하면서
잠에서 깼는데
주변에 나와 같은 중학생은 한 명도 보이지 않았고
그냥 링크를 산책시켜야겠단 생각이 들어
무단으로
조퇴를 했다

조퇴를 하고 있는데 인적이 없는 어느 골목으로 접어들자

먹구름이 몰려오고 있었고

먹구름이 오면

링크를 산책시키는 것뿐만 아니라

오늘 저녁의 모든 일이 실패할 것만 같아서

조금 더 재빠르게 발을 옮기고 있었다

근데 그날따라 여긴 내가 상상하던 곳이 아닌 것 같은

살아갈 수 있는 시간이 아닌 것 같은

두려운 마음이 들었고

그런 두려움은 정말 처음이었다

어쩌면 그냥 평소보다 저녁이 조금 빨리 오는 것일 수
도 있었겠지만

집에서 산책을 기다리고 있는 링크를 떠올리자

이상하고 허무한 마음이 들어

길 위에 서서

그냥 이렇게 혼잣말을 뱉고 말았던 것 같다

비가 온다

You think you know me

끝없이 앞으로, 새로운 곳으로 나아가는 것은 가장 쉬
운 일이지

망설임이 있더라도

부서지기 직전의 무릎을 가졌을 때
위태롭게 넘어지는 듯한 잔망을
무수히 반복할 수 있는 것처럼

그러니 이제는 다음에 침범할 단념들을 얘기할 차례

길가에 블록처럼 쌓인 벽돌들이 마침내 수필에 가까운
대지가 될 때

들려오는 것은
서로의 영혼을 높게 쌓은 후
결별을 테러하는 목소리

귓가를 채우는 싸움들은 계속 은폐만을 놀이한다

> 침묵에 대해서 말하고자 한다면
우리를 둘러싼 온갖 전위들은 흥미로울 수밖에
그러나 단념에 관해서라면
한결같은 처음들은 매번 자비를 잃은 채
쉽 없이 함구해, 나란히 걷고만 있을 때

반면에 멈출 수 없이 추락하는 사랑의 태도들은
우릴 떠나 시작을 감행하기도 하지
새로운 결들 위에서
스스로 환생이란 고정관념 안에서
우습게도 위험을 한번 감내하려는 듯이

계절이 바뀔 때의 외출은 때로 먼 곳에 있는 자갈의 소
리를 추적해 가지만
기어코 입을 다무는 선언은
언어가 견뎌 내려고 하는
폭염으로의 변화로만 번져 가지
우리는 말을 벗어나 어쩌면
흐르는 물감의 자세로만

대칭을 이루고
미움을 받들려 해

선연히 스치는
저마다 옥상에 남은 작은 새들은
비록 형체는 없지만
기이함으로부터의 탈출을 의미하고
허전한 날개의 고요한 부름과 같아져

행운이야말로
목마른 자에게는 있어서는 안 될 교육이겠지만
우리는 시간의 주검을 완파하기 위해
손에 든 검은 봉지들, 검과 같은 날카로운 것들을
남김없이 기원으로 상정한다

영원을 말하는 자를 믿지 말라곤 했으나
공간에 퍼지는 숨결에 단숨에 휘말리듯이

검은 눈의 심벌 또한 마음을 하나씩 버린다

〉 돌아서 본 적 있는 결심이 주체가 될 때는
　모든 것이 정지한 듯한 기분으로
　막을 수 없다면 나를 알게 할 수밖에 없다며
　물가에 몰래 낙서를 몇 개 그어 버리고
　심령까지 나아갈 사견들에 얼굴을 묻은 후

　기억은 빗나가고 매일 나아가고 가장 부딪히면서 팽이
같이 전염을 쌓는다

　선택을 마친

　펼쳐진 강을

　다시 건널까

　저녁 약속을 향한 이모지는 문자 밖에서 이성의 형상
으로 튀어 오르고
　어둠을 빚는 것은 도로 아래에 있는 수로들
　정교한 선의로 인해 흐르는 물결 안에서

용기로 가장한 트라우마와
때때로 무력한 몸들

쳇소리를 남기면서

기어코 빛이 되고야 말 거라는 일변도의 주문이면서
무언가를 위해 연소되는 동력인 채
흩뿌려진 지력과
코드화된 지리멸렬에 관한 이야기로
외연을 연성하면서
끝없이 앞으로, 무릎을 끌고 나가면서
내 생각엔 우린 끝나갈 것 같아 말한다

놀이를 멈추기 전까지는 얼마든지 증거를 남기는
청록으로 짙어지는 소요와
소요를 닮은 응시하는 그림자 속에서

변화를 기록하는 말이 내 것이더라도

쉴 곳을 지나친 후 결국 무엇이 달라졌는지 잊더라도

이제 너만이 나를 분명하게 안다

이 어둠과 저 어둠을
번갈아 뛰어다닌다

창밖을 보라

저기 다친 사람에게서 새로운 영혼이 간지럽게 태어나는 것을 보라 체념을 비추는 햇빛 아래 무심코 과성장하는 성령을 움직임을 보라 다시 창밖을 보라

눈 내리는 풍경은 우리의 지나간 잘못을 떠오르게 한다 그러면 언젠가 녹아 버릴 눈길과 그것이 수은 농도로 진화해 가는 어떤 조응을 보라 싸움을 멈추고 들녘을 지나 나를 기다리던 반려조를 향하는 걸음 끝에 창밖의 흐림은 어렵게 우리를 지킨다 한 번의 호흡이 한 번의 공간을 알게 하듯이 선물을 밀어줄 때 서로가 잠시 그리움 속에 잠기듯이 창밖의 나뭇가지는 색을 완전히 잃을 때까지 사랑의 형태로 뻗는다 그러면 우리가 마주하는 창밖이 감정의 장면일 것이라는 기대를 잊으라 그리고 안쪽의 새와 함께 다시 창밖을 보라

거기 내가 있는 대신 다친 무엇이, 초록 해를 쏟아지게 하는 파도인 듯이 변해 간다 이어진 빛들이 마침내 나를 완성시킨다는 부서짐과 기대할수록 위태로워지는 시작, 눈빛만이 전부일 수 있다는 무거움 안에서 시선은 기억을

낭비한다 창밖의 한 사람이 맺은 두 가지 관계를 보라 소유의 욕망 때문에 상실하는, 평화를 철거하면서 탄생하는 선과 면, 단지 선과 면을 만지면서 변해 가는 것을 보라

"얘야."

보이지 않는 것을 향해 말을 건네고

"얘야 무엇을"

권태를 굳히면서, 녹차의 향처럼

기억을, 고요한 것을, 창밖을 보는 것으로

그러나 창밖을 볼 수 없는 사람들이 있다면, 창이 없는 사람들, 창 안에 밖이 없는 사람들, 창밖에 사람이 없는 사람들이 있다면, 한 번의 애착이 한 번의 빛만을 알게 하듯이 여행을 다 끝내야만 기필코 다시 눈을 맞추려는 듯이, 느낌들이 결심하는 것을 보라

> 원시 상태의 단란함을 떠올리며 사분음표를 신의 형상으로 재현하려던 아이들처럼 깃발을 꽂으러 달려가는 무리에서 비껴 나온 뒤 사물의 신념을 가지고 개들의 속력을 따라잡는 그들을 보라 나뭇가지 위로 뛰어오르는 멀미만이 다시 그들을 목격한다 창밖이 없다면, 마침내 우리가 발견될 장소, 새로운 영혼을, 새로운 중독을

부드러운 정전기처럼

고딕의 마법처럼

생일날의 기면처럼

목소리로 지금을 쓰고
느낌만으로 폭풍을 완성하면서
걸음이 도착할 수 없는 범람
중얼거림이 닿을 가사
매번 상실이 다시 시작될 하나의 공작성 안에서

"무엇을"

"하고 있니?"

　　　　"생각을"

"안도를"

졸음에
그다음 졸음에 다시 내게 찾아오는 창밖을

안도를, 고요한 것을, 중얼거리는 것으로
움직임을 보라, 파도를 따라, 파도를 녹이면서

시작하는 노래처럼

첫사랑이라 말하지 그랬어

우리는 자기암시의 자장노래를 부르고 있었어
그리고 가족 같은 번개가 내리쳤지

이해와 통증을 원하니?

각자의 실수로 시작되는 선명한 분열
그 위로 서로가 포개지고 있을 때
남아 있는 방식은 권유형으로 말하기
그리고 상상을 읽어 가기로 한 유희와 함께였지

이제는 가벼운 어깨의 움직임을 동반해
개연에 엮으려고 할 때마다 순간을 메워 가는 것은 결
핍이었지만
때론 태양을 섬기는 것 같은 궤변들이 곁에서 몰아쳤지

주말의 공작 시간을 좋아한다 말할 걸 그랬어
주말의 침묵이 사건을 일으킨다 믿는 대신
하얀 모래들이 하얀 문밖을 완성하려고 할 때
시간을 선회하는 우리의 아이코닉함으로

영혼에 더 직접적인 투명한 사랑을 말할 걸 그랬어

깨닫지 못한 사이 커져 있는 그림자에 앉아
자세를 고쳐 틀고
감정을 반 토막 내면서
물화되는 소용돌이 기체가 없는 곳에서
나는 흩어지는 원칙들을 기념해

생각은 냉소가 되고
이해의 곁을 맴도는 것의 의미는 아마 이해 속을 흐르
는 것일 테지만
미열을 서서히 닦아내고 나면
그저 내가 나 자신을 완전히 이해한다는 사실만으로
이유가 뭘까, 이유가 뭘까 말하며 서술의 방에 갇히지

온기에는 의도가 없다는 것을 증명하듯이
따뜻한 관계 속에서는 목화의 방이 생겨났지
각자의 시선이 결국 사방으로 퍼져 나간 후
남은 것은 단지 목화의 흔적이었고

뱉을 수 있는 말은 반추하는 사어들
그것은 두려움을 덮어 주는 믿을 수 있는 기계였어
한순간의 멈춤은 언제나 한순간의 명상이었지

완성에 이르려는 것은 경계의 언어를 동반해
문해력이 수놓는 번민과 같이
묘지는 어디에서나 이루어지고
묘지를 향한 꿈은 완전한 첫 번째를 깨닫게 했지

말하며 비명을 감추는 사람과

투명한 걸음으로 점멸하는 사람이

그늘 속에 있었고

돌이킬 수 없는 시간성은 의미를 파묻어
결국 두 갈래의 섬광을 만들지
기억은 빛 사이를 뛰어넘는 접미사로서 다시 내리쳤어

기쁨을 연장하기 위한 각자의 간절한 견해들이 돌아오면

추함을 말하기 위해 식탁 앞에 앉아 있다가

이내 졸음에 빠지고

꿈속에는 역사를 잇는 가로수들

그리고 묘지 위의 가을이 있었지

비눗방울과 강아지들
언제나 졸음이 쏟아지는 햇빛, 그 속에서 시간을 씹으며
중략할 낭독을 앞두고, 묘사로만 창을 여는 귀 밝은 요
정들이 입장해
그리고 언어들이 오갈 것이다

학습하는 호령과 요청받는 비윤리 안에서
사랑이라 말하지 않고 그저 우리는 교차하는 구름이었
다고

자비 없는 무선통신을 두고
몇 마디 후에 일어날 시간 위의 성질이었다고
소란을 감각하지 않음으로서

밤이 오면 암시같이 내리는 우박을 보다가
서로의 잘못을 외면하고 우리는 동시에 모래의 우상을
떠올렸지
쏟아지는 것은 모래같이 부서지는 음성이었고
도망가는 온기를 지켜보았지
문밖에 이르러
미광이 가까스로 글자에 가까워질 때
스스로 길을 헤매는 사명들
시간을 흩트려 놓았기에 다시 나를 되찾을 수 없고
나를 잃어 갔기에 다시 시간을 배치할 수 없는
분절 단위의 눈빛만이 자유롭게 정체해

움직임에 관한 신화화된 메타 인지 속에서
생각에 잠겨 경계를 구분 짓는 생각의 천장을 보면서
단순한 금토일을 보내면서……

＞ 서로에게 감각 없는 방식으로 신체의 조각을 줍는다

문을 열면 하루의 예감은 모든 것을 듣고 있지
하고자 했던 말들과 감추고자 했던 미소들
입술을 떨리게만 할 뿐 끝까지 적막을 지키는 가을의
빛까지
남김없이 무의식을 공유하려 했던 손짓까지

그리고 안도같이 고요한 번개가 내리쳤지
마비된 언어를 두고 우리는 신체 밖으로 걸어 나간다

식탁 위엔 우리 자신을 위한 거짓된 고백이 아니라
이따금 흐느끼는 목화의 회개만이

의념

허락된 밤이므로 소용없는 걸음을 계속할 수 있었어
항상 다음 문장을 쓸 수 있었던 건 내게 선물이었지만
시력을 잃게 하는 미래가 생각보다 커다란 세계였다는 건
벗어나기에 좋다는 뜻이므로 기꺼이 머무를 수도 있지

의념은 묵념과는 달리 목소리를 갖고 번져 가지만
침묵만이 추동하는 추모의 역할을 소홀히 하지는 않지
전화가 걸려오는 밤이 지나면 전화가 끊기는 새벽이 오
듯이
우리는 과거를 낭독하며 관습적인 하얀 물결 안에 각
인돼

실패를 시작하지 말고 돌아봄을 실현하지 말라는 말들은
도무지 위로가 안 되지만 변신을 일삼는 눈물보단 낫기
도 해
경험을 하고 나면 생각이 멈출 것 같다고 말하는 사람들
그 선입견 안에서만 사유의 빛이 문자학으로 나아가듯이

우리는 밖으로 뻗어가지만 어떠한 때에는 벽에 숨은 인

간이야

믿음도 없이 낯선 시간을 산책시키기만 하는 외눈의 범인이야

가까스로 아침 교회에 나갈 때마다 노래는 합창 부분이었고

줄지은 축축한 간식 옆에 앉아 오전의 노래를 따라 불렀지

그러다 안정을 원하면 은밀한 참을성이 정신에 직선을 긋거나

마지막 음정이 막다른 밤에서부터 한 걸음 더 나아가기도 해

그러나 실수는 다시는 곁에서 영혼으로 머물지 않을 것이다

내가 기도하는 건 그냥 잊는 것뿐 한 번 보이는 것에 대하여

무슨 날씨든, 어떤 곳이든 물결 같은 시간은 보이는 어둠을 비추고

아름다움을 완전히 외면하는 것은 흐르는 빈자리의 미동
허락된 환멸에 대한 잊음, 그리고 나는 불꽃의 단면일 뿐
생각이므로, 모른 체 기억을 으깨는 외연이므로, 생각
이므로

왓츠 인 마이 백

그 안에 무엇이 있는지 모르는 사람이 없다. 그 안에 목적이 담겨 있다는 것을 모르는 사람이 없다. 기도를 잊은 사람이 없다. 비가 내리기를 기다리고 있을 때 어디로든 갈 수 있는 상태에서의 퇴락을, 환상이 기록하는 원정을 걸어가지 않은 사람이 없다.

취한 채 루비를 신고서 한계를 깨닫게 하는 것은 다름 아닌 눈앞의 풍경이었다. 걷게 하고 망치게 하는 것은 겨우 눈앞의 사실이었다. 박애의 준비를 마치고 나면 이제 우리 앞에 무엇이 놓여 있는지 모르는 사람이 없다.

낱낱이 흩뜨려 놓은 소지품들은 나를 희생 없이 던지게 하는 요령이자 먹구름의 모양을 축복이라 믿는 부단한 어둠이었다.

그 안에 전단이 있다는 것을 모르는 사람이 없고 그 안에 투명한 혼란이 있다는 것을 모르는 사람이 없다. 그것은 우리의 등 뒤가 아니라 시간의 정점 위에서 먼지를 흘리고 있다. 분명한 선을 긋는 대신 부피를 반복하며 순순히 보여 주고 있다.

　기절했던 까마귀 떼가 공중으로 뻗어 나간다. 우리는 나
열된 골목이 될 수 없으며 미로 같은 도로 속에서 무엇인
가 짐작되는 것으로 발견되지 않는다. 아름다움 그 속을
무한히 돌아다니는 것은 질문하지 않는 물체들의 긴박함

　그 안에 있는 것들이 나를 아세요? 하고 말하지 않을
것이다.

　그 안에 있는 것들과 나는 거리를 좁힐 수 없다.

　내 안에 무엇이 있는지 모르는 사람이 없다.

묵독의 유산

글을 쓰려거든 나를 가져야 해

나를 발라야 해

나를 갈라야 해

소동의 길을 따라가 등대가 더는 보이지 않을 때까지 멀리 달아나다가

소리의 양식을 받아먹다가 뾰족한 주황색 꼬리가 여섯 개 달린 모자를 쓰다가

얼굴은 그림자로 칠하다가 앞으로 튀어 나오는 황소 다섯 마리 위에 번갈아 올라타다가

내가 돌아눕다가 돌아눕는 게 반복돼 가속이 멈추는 것으로 기억되다가

자다가 돌다가 자다가 돌다가 착란으로 쓸모의 값을 매기다가

연민으로 찬 사회 병폐들을 안고 무한정 웃다가 가다가 망치다가 살다가

영원함의 유산인 작은 빛에 심야를 안기다가

〉 불안의 묘지를 조종하다가 이내 잠이 든 꼬마와
　앞으로 깊어지는 수심이 있다는 것을 머릿속으로 맵핑
하다가
　모든 게 머릿속에만 있었다 하더라도
　영원히 머릿속의 선함들만이 광장을 채우는
　무한정 늘어나는 이곳의 수화물들
　그 안에 있다가

　나를 돌아봐야 해

　끊임없이 화면 밖으로 뛰쳐나가는 동물의 온도를
　부식을 끝마친 이부자리 위에서 부식을 염하며 고요해
지는 것을 그곳을
　좋은 것을
　좋은 것을 쓰려던 욕망의 흰색을 욕망의 이끼와 욕망의
거울을

　정렬을
　묘지를

코코아를

따르고

지금에서만 할 수 있다고 믿으며 간신히 버티는 계절의

전진을

잠시 잠깐이지만

붙잡을 수 없는 것들을

곁에 대한 오용을

곁을 향한 관용을

기르고

찌르는 나를 만나야 해

이것은 일기에서 출발해 누구도 모를 것 그리고 누구나

알 것

이런 식으로만 묵독할 것

묵독할 것!

묵독할 것

백로 앞에 놓인 불가사리의 것

가로등 아래 고양이 혼자의 것

시간 안의 부식의 것
나를 가른 나의 것
나를 가르는 포복의 것
의미를 돌이킨 로파이의 것
뚝섬에서의 넥타이의 것
정신에서의 번개의 것
집착과 경향이 빚은 국수의 것
소동에서 번진 축제의 것
묵독할 곳
묵독할 것

받아들여야 해

받아들여야 해 매력적인 것은 존재하지 않고 매력의 심
연을 기울여 보는 움직임만이 있다고
이것이 본연의 거짓이라고 말의 소동이라고 내가 아직
도 모자를 쓰고 있다고
모자를 기울이면 소리가 나는 것을 따라가며 꼬리를
밟게 된다고

빗줄기라고
땀 흘리는 겁쟁이라고
이것이 내 편이라고

보란 듯 성공하는 뜀틀 뒤에 한 잔의 갈색이 있다고
마시고 마시다가 결국 마시고 마신다고
어쩔 줄 몰라 어쩔 줄 몰라 내가 써 본 적 있는 단어들
앞에서
웅크리는 면이 있다고 면과 점과 돌이 있다고
숨으면 숨을 수 있고 돌아보면 보인다고
끝내 보인다고
꼬마는 말을 걸지 않고
꼬마는 돌아간다

유산은 시작했다 굉음에서 비롯된 밀랍의 한 덩이가
조응을 멈추고 잠을 멈추고 묘지까지 걸어가는 것을

땀 흘리는 겁쟁이라고
반복 뒤에 결정이고

결정 뒤에 묵독이라고
묵독뿐이라고

재해

행동이 변했다고 해서 실패의 경험이 사라지는 것은 아
니지
기억이 담긴 사물들을 이제 눈앞에서 치워 내야 하고
두려움을 벗어 내는 노력으로 하루를 살아 내야 하지

검은 도색뿐인 하늘이어도 그 높은 곳에서 그림자를 찾고
낮은 곳에서 더 낮은 곳으로 활강을 시작해
변했다는 것의 의미는 도랑의 물처럼 잔잔해진다는 것
이지
이제는 그저 운문을 쓰는 거야 운문을

자연의 현상은 빛나는 표현을 부주의하게 다루기도 하
지만
마치 고의로 친구를 만든 것처럼 운명을 받아들이게도 해
흐르는 곳에서는 차가운 발을 갖게 되지
박차고 일어나기 어려운 질문이 남게 되고

파도가 없이는 숨 쉬는 것이 힘겨워지다가

파도가 돌아오면 길을 잃고

그런 반복으로만 결정이 가능해진다

미처 쓰다가 만 것을 쓰는 거야
한 번 더 질문을 던지고 모른 척 기억 속으로
남아 있는 것이 많을수록 숙고할 만한 사명이 커진다고
믿으며
운문을 쓰는 것이지만 운문이 남아 있지 않는

매번 떠오르는 것은 여기서 끝낼까 싶은 마음

여기가 끝은 아니겠지만

여기서 끝낼까

끝을 붙들고 끝을 헤맬까
끝을 매만지며

떠오르는 달콤한 순간에는 언제나 곁에 누군가 있었다
고 생각할 수 있어
　누군가 있어서 자유로웠다면
　누군가 등을 돌려도 여전히 경험이 사라지는 것은 아니지
　결국 나의 변해 버린 움직임들이

　영원히 쓰게 하는 것이다

　이를테면 항구의 유령들이 사건을 일으키는 평일
　누군가의 침잠하는 춤이 빛을 조금씩 뿌리는 오후
　고요한 슬픔이 날마다 자신을 잃게 만드는 것
　구호의 더러움으로만 회복되는 재해
　백 번의 말로 백 번의 용서가 이뤄지는 기도
　경사진 도로를 미끄러지듯 뛰어가는 아이들
　시시한 사랑 이야기를 들어 주는 열매들
　신의 실수에 의해 도시까지 밀려온 보트
　가만히 설탕을 녹여 주는 과거에서 온 사람

　검은 도색뿐인 하늘이어도

최선의 취향이 존재한다고 믿을 수 있지

최선의 역할들이 우리를 너무 원해

그 아름다움을 바라보며 파도를 탈 수도 있지

기억은 분명히 돌아온다

하루가 끝나면 심장이 한 번 멈추는 것이 분명한데
심장을 취소하고 싶어도 이어지는 변화가 있듯이

타이밍이 안 좋았을 뿐이야
이렇게 간절하게 말하는 사람들이 남아
타이밍을 쓰는 거야 타이밍을

때로는 노래를 부르면서 누군가 그 노래를 따라 부르는
상상을 하지
그런 사람들이 모여 커다란 눈빛이 되고
춤이 되고 재빠른 퇴장이 되어

공간 속에 다시 나를 혼자 있게 만들지

그런 반복으로만 혼자가 가능해진다

운문을 쓰는 거야 운문이 많아질 때까지
그래서 끝에 도달했어도 끝을 향해 갈 수 있고
변화가 있어도 물길처럼 걸을 수 있을 때까지

역사의 소리는 언제나 잠에 들지 못하게 해

이런 밤은 사물들을 다시 불러들이고
다시 사물들 속에 놓인 채
사라진 경험과 남아 있는 모험 사이에서
재빠른 생각을 남기지

밀려오다 만 것을 다시 움직이게 하는 거지

벨보이의 구두 소리가 항구에 닿는 새벽
아찔한 높이에서 점점 더 필요해지는 사랑

내게 온 유령이 등 뒤에 숨긴 심호흡
우리들의 유한한 정신을 향한 간청
구름이 되려 기로에 서 있는 어떤 초고

때로 새벽은 돌아가 버리고
다시 찾아오는 것은 그때의 미열

거울

누군가 그렇게 말했던 것만 같다
거울이 될 수 없다고

나는 거울 없이도 현재를 부를 수 있을 것인가 묻고
부풀어 있는 몸을 어떤 이유에서인지 바라볼 수 없고
자리를 박차고 일어나 사소한 진실을 떠올리고

미끄러운 지붕 위에서
'신이랑은 상관없어'
'신이랑은 상관없어'
몇 번을 더 중얼거리다

마음에 불을 피워 자신을 유인하고자 하는 의지로
천천히 낮은 곳으로 발을 내리누르며
현재의 어둠과 다른 사람들의 초상화를 번갈아 상상하
고 있다

하지만 거울이 될 수 없다고 말한 사람이 누구인지 알
수 없고

> 남은 건 거울을 말할 수 없다는 것

목소리는 기어코 문제적인 형상이 아니었을 것이고
비밀은 여러 번 내가 거울을 통해 비추려고 하기도 전에
오히려 거울 쪽에서 비밀로서 존재하며
네가 될 수 없어 하고 말할 것이다

가장 만족스러운 어떤 주간에는 청설모 한 마리와 몸
을 바꿀 것이고
모든 동력을 잃은 채 검은 머리카락 한 뭉치를 지켜볼
것이고
비로소 무언가 발견했다고 생각하면서
다시 기억 속으로 왼편을 집어넣고
오른편의 집착으로 돌아올 것이다

끝나지 않는다면 모습을 돌이키겠다는 생경한 의지들
이 있어서

밝았다가 다시 어두워지는 것이 취향인 것처럼

＞ 자신을 구명하듯 불어난 사자상이 있는 길거리

그곳에서

이따금 부푼 기대로 쓰이고 마는 수기들을 읽는다

집착을 안은 채
거울이 응시하는 곳으로 뛰어들고 있다

언더페인팅

상실은 길게 그린 선분
개울을 덮은 이끼들
파묻히는 과거와
언더페인팅
말을 하려거든
상상을 먼저 해 볼 수도 있겠지
느낌만을 기다린 채
너무 기다린 나머지
실수를 면치 못하면서
변화하는 상태를 멈추고
사멸온도를 지닌 언어로
다시 변화 안에 숨으면서

시작할 땐 아무것도 아니었으나
결국은 무한히 이어질 혼돈 앞에서
무엇을 위한 법칙인지 잊은 채
청자의 심급으로만 남아
미완성의 맹점들을 덧칠하는 것
구름 사이의 저편을 감각하거나

빛의 인용에 반응하면서
왼눈과 오른눈을
서로 한 번씩 깜빡거려 보는 것으로
다시 이끼 속에 들어가면서

매번 좋아하는 것만을 바라볼 수 없듯이
바닥의 단계에 멈추어 있으면
이어진 잔영의 싸움 안에서만
말을 이어 갈 수 있고
여담 사이에서 이렇게 생각하겠지
더 깊은 곳이 있을 거야
눈앞에 펼쳐진 선분은 어디에 와 있나
미완성의 다반사
시간을 쏟으면
무엇이든 말할 수 있다는 것을
알고 있나?

상실은 우리가 모험 대신 섬기는 활자
내가 깨어나는 순간에

새벽은 함께 시작되고
잊지 않는 어둠이기로 약속하면서
끈질긴 잔향의 세계가 계속돼
다시 태어나 매연 속을 헤매고 싶어도
연기를 덮치면 연기만이 흩날리지
펼쳐진 철사들 사이 형태가 풀려나지
부름을 아랑곳 않는 신체는
착각을 식별하면서
고유한 바깥으로의 몸짓을 이어 간다

그래도 소용돌이치며 지속하는 이유는
속죄와 회피를 반복하는 혀가 있기 때문이야
매운 혼돈을 마시며
고개를 끄덕일 때
이해되지 않는 호명을 통해
변명 같은 선회가 이어지고
자전적인 호수 앞
발아래에 놓인 것은
자연적인 초점과

구조화된 말의 거품뿐
자기분석은 인내심을 잃는다

너무 많은 색을
해롭다고 말할 수도 있겠지
너무 핥아서 사라진 단어처럼
빈자리가 어느새 메워지면
생각의 허락을 등진 채
빈 곳을 향해 달려가는 쓰기와
딛는 곳 전체를 발설하고 마는 걷기
아침의 길고양이들을 눈빛으로 감을 때
숨 막히는 까닭은 다름 아닌
관성만으로 허사를 반복하는
간지러운 연민에 대한 예감

이제 단순히 가능에 대해 쓰려고 하자
관찰의 미적인 부분은 일그러진다
시중의 선언은 해명을 필요로 하고
낮은 곳에서 더 낮은 곳으로

덧칠에 가담하는 기호들
되살아나는 내면 앞에서
탐구는 아무도 믿지 않게 돼
남아 있는 고백은
돌아온 바닥에 닿은 접촉의 질서와
모든 것을 지켜보던 도구의 시선

2부

펜 소스

하나의 각자의 말하기

다른 또 하나의 한 번에 휘갈기기

흔들리는 곳에 서 있다는 것은 흔들림을 지운다는 것

설명할 수 없는 느낌이 있었던 것 같은데
실은 설명하기 힘든 반투명의 의지가 있었을 뿐

말하기의 차원에서
한 번의 교차와 두 번의 교차가 결코 다르지 않다는 것은
미감에서 다른 또 하나의 비정으로 도움닫기를 하는 것
거리의 검은색 과일과 아침의 찬바람에 흔들리는 것들을
다시 입 밖으로 꺼낼 수밖에 없게 하는
다정한 인사들이 숨긴 긴밀한 비밀이 여기에 있다

청자의 관점에서 보자면
성간 비행도 사회 세계도 그저 색깔을 입힌 혼란일 뿐

상징적인 이슬들
길고양이가 알아듣는 낱말과
비에 젖은 주택가
기계적인 현관을 지나
히프노스 같은 펜 소스를 지나

펜 소스는 한계를 의미한 채 한계 앞에 서 있기만 함으
로써
이해의 곁을 맴돌고 맴도는 말하기다

펜 소스는 완전한 소스가 아니다

2
쓰다와 말하다 두 가지 동사만 있으면
우리는 수줍게 눈을 마주 보는 것이 가능하다

내가 가져도 되는 사람은 내가 하는 말을 다 기억하지
못한다

우린 긴긴 코를 걷는 느낌을 알고
부드럽다는 느낌도 알고 있지

계속 계속, 생각해

펜 소스는 비웃이다 펜 소스는 어떤 의도를 갖지도 않고
어떤 목적도 없이 소설을 휘갈기는 한 번의 몽상

공간을 음미하게 하는 열병의 낙원 위에서

펜 소스는 검은 바지에 다홍색 스웨터 차림이다

펜 소스는 옷을 좋아하고
우리는 언제나 그랬듯 펜 소스를 사람처럼 대한다
펜 소스는 때론 어린아이처럼 비슷한 몸짓을 반복하고
그러면 펜 소스는 자란다

펜 소스는 교차하는 그늘이다

교차가 끝난 빛 사이에 혼자 남아 있는 동공의 찌꺼기

3
거친 음성이 이어지는 곳에서는 금이 예술이 되기도 한다

두려움을 덮히는 정기적인 총성과 심장의 소리가 동시
에 들린다

너가 혼자이길 바라

추억은 이렇게 말한다

진심과 미소는 성찰이 시작될 때 완성을 끝마치는 텍
스트다

그리고 우리가 스스로의 이름을 부를 때

마치 여러 번 하기로 결심해 두고 미룬 흔적인 것처럼
자기 자신은 겨울이 되고

끊임없이 부딪치는 강
준비 안 된 무수한 생명

펜 소스는 낚시터에 혼자

펜 소스는 스미는 예술에 혼자

펜 소소는 멈춘 소리를 다시 이어지게 하는 인간의 희
미한 연대를 두고

주머니 속에 혼자

4
가면을 벗어던지면 가면의 낙진이

그리고 우리는 대기의 나이를 세어 본다
신경증은 무릎 위에
리듬은 팔꿈치의 움직임에
돌아올 것이라는 믿음은 새로운 메모 위에서 아비투스

의 약어가 된다

점점 줄어드는 것이 있을 것이다

결핍이 펜 소스를 채울 것이다

펜 소스는 광기로 걸어가지 않는다
걸음의 기능은 디자인의 영역에 속한다
누구의 생각과 함께하든
펜 소스는 공기보다는 꿈틀거리는 땅에 가깝다

누군가 의도치 않게 흘려 놓은 호두를 깨 먹은 흔적들이
세계를 덮으면
그것은 숨어 있는 것으로 우리에게 좋은 경험을 주고
비파 하나로 사람 하나를 연주하는 시간을 지나서
겨우 무한한 펜 소스 하나를 발밑에 완성한다

미완성의 연결들이 백병전에 가담한다

5

펜 소스는 오픈 소스다
펜 소스는 미련으로 이어져 있으며
소멸하는 자연 위에서 선의의 표박으로 생환한다

일정한 주기로 수요일이 돌아오는 것처럼
선인장이 무엇을 입고 있는지 설명하지 않는 것처럼
가만히 흉내 내기만을 할 때
펜 소스는 눈을 감은 채 무엇인가를 기다리고 있다

그리고 제자리걸음……

부드럽게 끊기고 마는 망막 효과

우정과 심연의 웃음이 함의에서 함의로 나아가고 있다
　죽음이 가장 강한 것이기 때문에 죽음을 연기할 수밖
에 없다면
　우리가 쓰는 것들은 우리에게 광활하게 펼쳐진 무한한
자원 위에서 시작하고

> 그것은 다시 미래에 이미 지어져 있는 근원적인 권능인 듯
펜 소스는 윤리적 기원으로서 현재를 벗어나
모두에게 기여하는 공평한 적막
펜 소스의 질서는 휴식 속에 있다

그러나 언제나 제자리에서의
각자의 말하기⋯⋯

더 나은 것처럼 보이게 하는 평면의 움직임들

익숙한 도로에서부터 차츰 잘 모르는 도로를 향하는
관측들

6
가상의 공간에서

펜 소스는 관측하지 않고 관측 쪽으로 움직인다
움직일 때마다 현판의 활자들이 날린다
익숙한 생추어리를 마주한다 공간이 얼굴에 묻는다

부피가 얼굴을 채우고
점점 더 많은 부피와 미결의 어제가 어제와 어제를 엮
는다

몰락하는 일주일이 환영을 이룬다
터진 전구를 새로운 것으로 바꿔 꽂지 않는다
마음도 먼지를 뒤집어쓰고
현기증이 시간을 얻기 위한 게임에 가담한다

펜 소스의 뒤를 쫓는 것이 없다 그것이 믿길 때마다
고귀한 여담으로 낭비되는 음미의 순간들 속에서
펜 소스는 가속하는 냉소다
펜 소스의 옆에도 함께 걷는 것이 없고

몇 번의 허공을 향한 손짓만으로 모든 것을 쥘 수 있는
사방에 편지들이 존재하는
가상의 공간에서
부피도 없이
방향도 없이

프람이 다가오고 있었다

7
프람의 걸음으로부터 몰려나온 화살들
잔디를 가로지르는 형상과 빗나가는 잔상들

그저 화염으로 번지기만 할
프람의 목소리

펜 소스는 제멜바이스의 씻기 같은 것이어서
역사의 반복 안에서 사건으로 구조되기도 하지만

설원 속에는 중복되는 혀가 없고
프람에게는 말이 없다
목소리만이 있을 뿐이다

또한 망각에는 설명이 없고
어둠의 바깥에는 활자가 없고
지형학에는 실의가 존재하지 않는다

펜 소스는 어떤 믿음을 실현시키기 위해 쓰이지만
프람은 자신이 거짓 없이 바라보기만을 원하는
각자의 목소리들이 섞일 수 있다는 것을
믿지 않는다

형태를 짓무르는 내성의 무수한 변화와
외형 사이를 가로지르며 차가운
그러나 혀를 둘러싼 온기가

프람의 행동 요령이자
빛이 비추기에 필요한 유일한 원칙이었다

실패를 거듭하는 듯한
거위들의 울음소리가 울려 퍼지고 있다

8
그리고 한 문장이 백야와 대치하고 있다
근사치의 오독이 시야를 메우고 있다

볕에 말린 깃털이 종신 상영되고 있을 때
펜 소스는 자리를 비운다
그러나 범람하는 것들은?

피부와 생각이 같고 펜 소스를 벌충하는 사람들은
긴 낮에 그리고 그 후 이어지는 긴 어둠에 의지해 말을
뱉어 낸다

펜 소스에게는 물감을 들고서
변해 가는 것을 겁내지 않을 한 줌의 용기가 있었고
유한한 배움, 돌이키기 싫은 정신머리로
저급 창작을 하며 존엄을 비웃는 실체가 있었다

펜 소스의 경험은 마침 안주머니에서 흰색 도열을 찾아
내고야 마는
비어 있는 이해의 기록이다
펜 소스는 언제나 펜 소스의 1화이며
환상을 투입하지 않아도 보이는 관계의 도식

백야가 흘러서 넘친 곳에

귤색 청자들이 몰려들고 있다

9
펜 소스는 이윤에 대해 생각한다
치유하기 위해 펜 소스의 권리를 위해

나에게 권리가 없다면 더 깊은 곳에 닿을 수 있겠어

때로 말한다는 것은 하나의 프로젝트다
펜 소스는 영향력 없는 독점이고
기의를 회피하는 가시광선이다

그러니 결국 자연 같은 흔들림
결핍 같은 줄임말
폐쇄성과 기시성
프람의 놀이터이자
프람의 독보적인 집합

여기에서 드디어
펜 소스는 스스로 오류가 된다

예측할 수 있는 것은 때로 예측될 수 없듯이
언급되는 것은 지속적인 경쟁 속에 있다

펜 소스의 싸움이 이어질 때마다
펜 소스의 청사진은 목적으로 둔갑하고

현실마저 치유로서 기능한다

시장에서 동물 먹이들이 사어로 피구를 한다

10
펜 소스는 지그재그를 꿈꾼 적 있다
포섭되지 않는 갑각류 바다 생물처럼

그리고 펜 소스의 꿈은 사라지는 법이 없기 때문에
증식을 시작한 소망의 논쟁으로서

검은색 잉크를 뱉어 내는 계보학으로 남아 있다

삶의 조각들이 모두 실험실에만 모여 있을 때

불규칙한 문화가 아직 어느 곳도 감시하지 않을 때

그 시간에도 펜 소스는 있었다

미온성으로 무장했지만 마음만은 흉측했고
귀향할 수 없는 자유이면서 자신이 곧 원천인
무엇이든 할 수 있을 것 같다는 생경한 감각과
아무것이나 되어 버리려는 현자로서 있었다
그리고 해야만 하는 것은
파괴와 절제

실험실에서는 하나둘 생명이 조립되었고
태어난 것들은 펜 소스를 안아 주고서 떠났다
그들은 다시 펜 소스를 만나게 되겠지만
그러나 펜 소스는 애정을 모른다

펜 소스는 늘 부수고 망친다
죄의식이 없는 바닷가재의 실천처럼

제자리를 맴돈다
정지한 채 지그재그로 망명한다

11
연극을 해야 하는 아이가 있었다
아이의 역할은 데리야키였다
아이는 아무 곳도 향할 수 없었으나
아이의 역할은 외로움 속을 잘 달렸다

펜 소스는 아이에게 역할을 가르치며
시간을 초라하게 물들이는 듯한 경외감을 느꼈다

펜 소스는 평범할 수도 혹은 전문적일 수도 있다
펜 소스는 어디로든 갈 수 있기 때문에
아이의 역할이라는 사보타주 속에서
스카프를 휘두르고 있었고

스카프는 곧 날아가겠지만

연극에게 닿아 분명한 조롱으로 입을 맞추고
힘겹게 다시 아이의 등을 두드리고 있다

아이가 쏟아 낸 단어들을 해묵은 토라고 할 수 있겠는가

태양으로 벼린 한순간의 창문이라고 할 수 있겠는가

아이는 이어지고, 연극은 이어지고
책의 결장이 병자를 찾듯이 언어가 이어지고
펜 소스는 아이가 노려보는 창문 밖에서
저녁 내내 데리야키의 영혼과 투쟁하고

12
화해를 앞둔 자매가 돌연히 접시를 가로채고
두 사람의 손이 접시에서 만난다

화해 때문인지 화해에의 관심 때문인지

발화를 앞둔 접시는 두 사람에게 있으나
그들의 눈가 어딘가의 주름 속에도 있었다

대자연의 졸음을 만끽하는 신의 시그니처가
그들을 에워싸 비밀이라며 증류된다

비밀이라며, 비밀이라며? 비밀이라서

펜 소스는 확장에 대해서는 관심을 갖지 않는다
펜 소스는 접시를 지속하지 않으려 한다
접시를 끝내려는 상태에서 말한다

나는 이제 마지막이에요

접시가 몇 가지의 책임을 동시에 지고 있듯

그들은 손에서 사방으로 빛이 흐른다고 믿기 시작한다
흐른다는 믿음으로부터 접시는 흔들린다

화해의 손짓으로도 펜 소스를 나눠 가지려 하지 않을 때
벌 떼의 자전적인 현실처럼
자매들의 연상에 녹색 안개가 낀다

완벽한 노력이 외따로 축적되어 있다
자매들이 아침 식사로 내몰리고 있다

13
멀미 봉투에 혼이 뺏긴 자가 어느새 멀미를 잊듯이

사고실험자 학생들이 모여 불빛을 느끼고 있다
일곱 시간도 넘게 출구를 향해 뛰쳐나가고 있다
때로는 입속에 보석을 질겅이며

따분한 시간을 보낸다

펜 소스는 시간의 친구이고
순교에의 이해를 먹으며 자란다
때로는 다리가 아프고

비경험에 도달하는 물그림자처럼 천천히
선명한 정적을 찾아낸다

그래서 펜 소스의 생각은 여전히 눈동자에 매혹되기도
한다
침묵은 다면적인 멸망에 의해 매번 아침을 지나고
펜 소스는 어떤 준비다
펜 소스는 무슨 말을 꺼내기 직전의 고립이다

임계를 앞두고 엘릭서를 마시는 학생들은
펜 소스로 무장할 것이다
펜 소스는 운명에 적응한다
적응하지 않을 수도 없다

14
이야기를 이어 나가고자 하는
펜 소스는 여전히 거리에 서 있었지만
오늘의 선생은 길가에서 거울을 찾아낸 듯
거리 속으로 파고든다 오늘은 저물고

> 선생은 말을 배우겠지

선생은 할 수 있는 것과 하기 힘든 것을 저울질하며
선생을 수용하겠지
오늘을 뻗어가겠지

오늘이 이따금 펜 소스로 가장하면 펜 소스는 오늘의
의지에 엮여
오늘을 미워하겠지 온도 차를 느끼겠지

고통과 왜곡 그리고 수업이 필요해지고 있다
강단은 보이는 것으로 사랑을 하려 한다
질주는 보이는 것을 소환하려 한다
한 번에 여러 관계를 살아가려는 심야는
숙제 같은 권태로 궁전을 쌓는다

15
어렵게 모인 몇 명의 장교들이 서로 체온을 동기화한다
체온의 도착을 반긴다

그들 중 아직 차가운 손을 지닌 자가 이렇게 말한다
우리는 오래된 친구이자 *의심 없는 콤플렉스요*

펜 소스가 벼락이던 시절

장교들은 천사이거나
나뭇잎을 찢어 나누는 순수였고
투시력을 머금은 평형의 망각에 숨어
벼락의 약속을 벼락다운 문명에 남겨 두었다

펜 소스의 결정에 의해서 올리브나무가 자랄 것이다

멈추지 않는 올리브나무를 보기 위해 장교들이 언덕을
오를 것이다
있을 수 없는 두 번의 말하기처럼
불신하는 종이와 종이의 패거리처럼

펜 소스가 이미지이던 시절
펜 소스가 성스러운 가능성이던

저항의 손재주이던

큐피드의 하나의 관점이던 시절

16

또 언제나 가수들이 있다

사각의 놀이판을 리듬으로 증오하고 있다

노래를 듣고 있는 우리는 머리를 치켜들어 본다

하늘의 초조함에 의해서는 생각이 기울여지지 않는다

하늘의 감각은 하늘만의 놀이이기 때문이다

펜 소스는 생각한다

사람들이 원하는 것은 유한한 삶을 유한한 놀이처럼
그리는 것이고
나는 유한한 찬미가 될 수 없어

펜 소스는 부재하는 습관으로만 스케치를 한다

어느 때인가 스케치는 역치에 가까운 명징으로 펜 소

스를 혼란에 빠뜨리기도 한다
　스케치는 변명 같고

　스케치는 때로 기억 같고

　그것은 목을 죄는 노래 같다

　분절된 것을 분절된 채로 말하는 것은 마치 구원 같다
　그러나 '하나의 각자의 말하기'는 명백하고 오래된 사라
짐이다
　독약과 닮은 음파는 마치 성체 같은데
　시간이 위험인지 결함인지도 모른 채
　끝을 향해서만 다다르는 것

　언제나 안녕의 인사가 있다
　의미가 아닌 채로
　다가오고야 만다

17

노인이 노인을 향해 호루라기를 불고 있다

펜 소스가 좋아하는 해변으로의 여행이었다
여행은 질문을 하지
솔직해지거나 겸손해질 수 있을지
단추를 몇 개까지 두고 올 수 있을지

한 번의 여행에선 한 번의 기회가 있을 뿐이다
한 번의 기회를 위해 문맥을 남기고 표상이 되는 것이다
표상으로서 해변에 도달하며
순순히 자유로워진 것들을 먼 곳에서 보면
어느 때는 따사로운 동정의 마음이 일기도 하지만
결국 고통에 관한 신비와 일그러진 빛이 들이닥친다
펜 소스는 그 사이에서 비롯된 회귀다

아무리 호루라기를 불어도
노인은 돌아보지 않을 텐데
노인은 앞으로 걸어갈 것이고

점점 더 분주하게 만인의 낯빛이 될 텐데

일몰이 해변의 유추를 통과하고 있다

여전히 부유하고 있다

18
희망이랄 것이 있다면
테라포밍의 광장에 근하신년의 메시지
하지만 미래인에게 펜 소스는 불길한 조서와 같다

미래가 돌아오면 펜 소스는 드디어 실험을 마치고
시간과 악수한 손을 닦으며
단순한 하루를 마친 듯
휴식의 높이를 즐기려 할 것이다

하지만 프람이 청자의 결정에 의해
돌이킬 수 없이 어제에 묶여 있을 것이다

우리가 어제를 향해 붙들리지 않은 날이 없고
펜 소스가 열려 있는 그리움이라면
잔존하는 타자의 소용돌이라면
미래는 길들여진 심문이기만 할 것이다
펜 소스는 진실과 미지, 불씨들
이야기꾼의 바람직한 일원론처럼
연약한 메아리가 될 것이다
순간을 잃어버리고

바닥에 머무는 매개체
엿보기를 허용한 부재
달의 인습과 같은 무수한 허락
전사와 같은 유리문
묘비의 활자를 넘어뜨리는 산들바람이 될 것이다

펜 소스는 그저 단 하나의 문장이다

19
펜 소스　나는 너로부터 시작되었어

프람   너는 나에게서 벗어났어

펜 소스   사탕 하나를 입에 물고 가장 열려 있는 장소에서 기억에 대해 말하기 그것은 숨겨진 원칙이었는데 아끼고 아끼는 사랑은 어떻게 사진처럼, 호소처럼, 점점 더 빠르게 결별을 향해 비약하는지 생각해 본 적 있어? 돌아보는 행위에 의해서 본질이 소멸한다는 것을…… 믿어 본 적 없는 척하며 결국 돌아본 적 있어?

혼자서…… 시간을 사랑한다는 끔찍함

무수한 별칭에 둘러싸인 채

부서지는 것
지켜진다는 감각 없이
흐릿한 언어로 쓰여진다는 것

초청하는 자와 초청받는 자가 모두 다음에 이어질 단어를 원하고

우리를 싣고 온 탈것은 영원히 비어 있다

편안하게 지냈던 날들
그저 의자에 걸터앉는 정도의 작은 변화 같은 날들
펜 소스는 언어의 구두 소리를 견뎌 내고 있다
수용의 냄새를 풍기고 있다

외딴 그늘에 깔린 미사가
다음 날 오전에는 광장에서 목격된다

20
가고일의 간격은 매일 멀어진다

프람　　연푸른 장미를 건네며 시작한 말들 그것이
우리의 흔들림이었고
　펜 소스　무수한 기도로도 거의 아무것도 바꾸지 못한
채 똑같은 날들이 계속되었지
　프람　　우린 어디로도 갈 수 있었지만 실려 나가는
들것들을 가만히 지켜보기만 했고

펜 소스   모든 들것에 아무것도 없다는 걸 깨닫는 건
어렵지 않았지

프람   흔한 서술의 체계인 나로서는 슬픔에 합류하
지 않을 수 없었고

펜 소스   그래, 슬픔처럼 나는 세계에 던져졌지

가고일의 간격이 계속 멀어진다

프람   현재에는 반짝이는 멍청함이 가득하지만

펜 소스   현재에는 흘러 나간 담배 연기도 자욱하고

프람   재킷에는 펜 하나와 신경증 하나

펜 소스   바지 주머니에는 비유적인 수사 하나

가고일이 성당을 지키지 않는다는 것을 이제는 알 수
있으나

가고일이 꿈속에 나오는 것을 막을 수 없다

서로 멀어진 두 개의 조각상이지만

꿈속에서 흐르는 것은
단순한 빗물 하나

21
펜 소스는 메타픽션의 타깃이다
메타픽션이 진지하게 열외를 고려하는 자의식의 새로운
장치다

프람은 비중 있는 충고를 멈추지 않는다
비중은 거의 밤에만 점화되고
청소부들이 출근하지 않는 밤
의도적으로 세계가 배경이 되는 밤
집으로 돌아가는 매일 밤

펜 소스는 허구를 유예하는 무감각이며
생물학을 대체하려는 설교다
구명되었으나 아무것도 해결되지 않았을 때
펜 소스가 아이의 창문 밖에 놓여 있었듯이
소리 없이

> 두려움은 정말로 스스로를 반사시킬 수 있는가 하는
질문과
  충고를 외면할 수 없다고 단정해 버리는 우물가에서의
기다림

  혼자 놓여 있을 때 펜 소스는 귓속에서의 보살핌이다
  펜 소스는 기꺼이 우리와 몸을 바꾸어 주는 기원이다

  생각과 발이 아무리 커져 버려도
  이끼를 밟은 자국은 결국 허공의 이행이다

  22
  아름다움으로는 설명되지 않는 게 많아서

  가장 중요한 것은 자신이 자신을 호출할 수 있을지
  할 수 있다면 그것이 반복할 수 있는 선택일지 반문하
는 것
  펜 소스는 기로에 있다

새로운 사념은 느린 열풍을 몰고 온다

공중에서 지상을 오래 지켜보면
옷을 말리는 사람들이 서서히 쇠미해지는 것이 보인다
사람들은 모눈종이처럼 선을 이어 미지의 발길을 만들
려 한다

각자 비명에서 떼어낸 것들의 충돌을
자유에 의해 사영된 것이라 믿으며
아침의 차를 잔에 따르고 있는 것이 보인다
스스로 수평으로 이어지고 있다는 것을 감각하지 않는다

펜 소스가 만든 상형은 공평을 싫어하는데
펜 소스가 키우는 물고기의 몸에서는 바람이 불고
펜 소스의 바다에는 가정을 시작하는 기울여진 눈썹이
잠겨 있다

치환의 결정은 여전히 꿈속에서 시작될 테지만
두 이야기가 충돌하자

살아 있는 악몽이 없다

23

프람은 계속 퍼즐을 맞춰 보고 있다
여백을 채우며 여백을 지우고 있다

펜 소스가 없을 때
프람은 습관적인 주말의 결혼식들을 사이에 두고
놀이터의 개미들과 잠시 시간을 보낸다

옮겨지는 항아리의 영을 감추고 마음을 비워 본다
프람은 펜 소스를 향해 이렇게 말하는 것 같다

나는 곧 어딘가로 사라져 상상력을 사용하는 사람이
되어 버릴 것 같아
  실소 앞에서 눈이 온다고, 사랑한다고, 말하지 못할 것
같아
  퍼즐이 남아 있으니 괴로움을 심원에 빠지게 둘 수도
없어

네가 여행을 떠날 때마다 말야

너를 원하지 않는 게 아주 값비싼 대가를 치를 거라 착각한 적 있어

환영의 인사로 준비해 둔 마카롱을 완전히 녹여 버린 적 있어

녹아 버리게 둔 거지

사소한 편견인 언어의 더운 날씨 속에

우울하게 서 있어 본 거지

여름이 아직 많이 남아 있다는 걸 알아 버렸을 때

미완성 퍼즐 속 목소리들은 이렇게 말했어

아직도 몰랐어?

들어와, 들어와서 수영을 하자

펜 소스의 여행이

장르의 함의와

낱말들의 수정 구슬 속에서 지연되고 있다

24

펜 소스가 여전히 없을 때

프람은 끝내 이렇게 말하는 것 같다

끝나지 않는 멈춤을 얼굴에 바르고 점점 더 고립되려고

했는데

이렇게 금방 시간이 지날 줄 누가 알았겠어

우리가 우리의 다양함에도 불구하고 점차 비접선적인

안점에 집합될 때

캔버스의 술어들은 사랑의 미미한 우수를 흉내 내지

않는다

초대 같은 게 없어도 말할 수 있다는 거지?

식탁이 어지럽혀져 있어도 모든 게 다 제자리로 돌아가면

구름을 가리고, 몰래 환상의 목을 자르고, 잘린 목에서

흐르는 것으로

잔을 가득 채우고, 마시고, 우리는 묽어지고, 검게 흐려

지기도 해

기둥 옆에서 찍은 사진이 이렇게나 많을지 몰랐어
네가 기둥을 사랑하며 나를 그렇게 쉽게 망각할 줄

누구도 눈길을 보내지 않을 거야
이런 식으로 말해도 소용없을 거야

말 없는 가운데 이어지는 이상적인 식사처럼
우리는 거울과 무관해지고
모든 남아 있는 관계들은

다가올 때처럼 멀어지거나
멀어지는 것처럼 다가가거나

그러나 완성된 퍼즐 위에는 방향을 위한 여백이 없고
이제 프람의 기도는 프람을 모방하는 형식으로 흐른다

25
확신의 목소리가 전복적인 논쟁의 내막과 세련된 호소를
펜 소스에게 전달하려 할 때는

모든 것이 어려워질 것이다
이미지의 마법적인 고백

아이들이 서로 독주를 전달하도록 만드는 것이 비밀이
라면
부정을 뜻하는 동사들은 비올라의 선율을 통해서만 옮
겨질 것이다
서로가 동시에 단어를 뱉을 땐
무심결의 본심에 손끝이 베이는 사람도 있을 것이다

프람으로부터 시작된 펜 소스가

프람에게로 향할 것이다

예쁜 노란색 레이스가 장식된 드레스
한 줌의 실크 조각으로 묶계되는 편지들
대공 효력에서 자유로워지는 은빛 식기와
작은 올빼미 모양의 공예품이 있지만

펜 소스는 이 여름의 아무것도 복원하지 않는다

펜 소스는
가슴이 두근거리는 진흙투성이들 앞에서 연신 고개를
끄덕이며
얼음장 같은 구토로
요란한 고함으로
어느새 우리 손발의 여백을 채우고 있다
다시 그 시간을 천 번 이상 마련하는 일에 몰두한다

26
보이지 않는 펜 소스를 향해 다가간다는 것은
망각을 향한 밀실에서의 여정이 시작되었음을 뜻한다

펜 소스는 어디에나 있고, 자기 자신을 재분배한다
펜 소스는 맥락에서의 개작이며 서술에서의 여가다

파이프 쪽에서의 전략이 두 개의 문을 전이하지 않는
것이듯

펜 소스는 제자리에 있다
때때로 펜 소스는 우주이자 미용이고
비주술적인 변증법의 피곤이다

긴장을 놓지 말자고 다짐할 때마다 무시무시한 먼지에
휘말린다
먼지 폭풍이 안착되는 장소가 마음과 카펫 중 어느 곳
인지 모른다
헝클어진 코트와 집을 지키는 망령의 한숨이 있다
말할 것인가
말할 것이다

단 한 번의 휘갈김으로 진실에 협착되는 수줍고 다양한
조립에 휘말릴 것이다
채색은 조용하고
쓰레기 가구들이 공간에 가득하다
연주자들이 청중에 의해 파산할 것임을 깨닫고
물건들에서는 계속 끽끽 하는 소리가 난다
나열된 세미콜론 무리만이 반짝거린다

> 말하는 자와 침묵하는 자가 모두 펜을 쥐고 있다

27
펜 소스는 가로챔이다
거리의 돌이며 물방울 속의 갈증이다
누군가의 발길에 치이길 소망하는 소요다

펜 소스를 늘 곁에 두고 있는 우리는 생각한다
펜 소스에게는 함정이 많다

펜 소스는 풍토병일 수도 있고 세계를 가로지르는 집념의 틀일 수도 있지만
펜 소스는 공개된 변화다

나에게서
나를 지나고 있는 수집품이다

우리를 봐 심각한 표정을 짓다가 금세 미소 짓는 우리를
미소로 인해 공황을 겪고 결국 나무 위에 오르는 우리를

> 펜 소스는 휴식을 몰고 오는 몰이포수다
펜 소스는 나라는 두 사람이 할 수 있는 환멸에의 적응
이다
어떤 소리는 발음만으로 우리를 자유롭게 하고
어떤 어제는 그냥 글자가 걸려 있는 태연한 풍경이다

펜 소스의 물결 영역이 귀환한다
원을 그리는 정돈은 철거된다
오른쪽에는 가여운 올가미가 있다
완성은 우리를 지켜본다

기록이 대지에 스민다

펜 소스 레시피

이따금 아픈 사람들이 생겨난다
요람을 기억하지 못하는 자가 요람을 만든다
단숨에 만들어진 것들이 시간을 알게 하고
역병이 지겨운 거미들이 모여 산수를 한다
몇 번의 해가 지나야 그림자로 태어날 수 있을지 생각
한다
수행해야만 하는 규칙들이 우리를 지켜본다

도처에 숨죽인 인사가 있다

겨우 태어나고자 하는 결정일 뿐인 불편한 이야기와
미세 조정 문제를 가진 식탁 위의 조명이
그리고 회심의 귀감이 감수성을 제어한다

유한한 것들은 개인적인 주물로서의 선택 앞에 놓여 있
으며
가능한 사랑은 얼음 위에 붙은 얼음의 모습으로
때로는 전문적인 상징으로
곁에 있음을 멈추지 않는다

> 어느 때인가 이 공간이 마치 나인 것 같다는 착각을 두고
눈앞에 펼쳐진 자신과 이별한다

희생을 도피하는 유령이 되고자 한다

물속에 딱 절반 몸을 담그면 난 어디로든 갈 수 있다고
믿었어
잠수를 시작할 땐 상상 속에 큰 나무와 작은 열대어들
이 있었지
그리고 돌무더기
그 위에서 반복하고 반복해 어지럽게

거품이 피어오르게

활자들은 이곳이 어딘지 알고 있지

이미 도처에 나와 있는 명분 있는 이미지들
뒤죽박죽의 박애들

영원히 몸을 녹이는 개연과
놀이하지 않는 분명한 기절

나는 생각일까?

약속한 시간이 다가오고 있었고
사건이 일어난 장소로부터
벗어나고 있는 그때였다

3부

단편들

주문을 외워서 내 자신을 숨겨라

육상 선수는 허들을 넘는 순간 태어난다

그는 실수를 통해서 완성될 것이다 전례가 없는 유언을 남기지는 않을 것이다 누군가 했던 말들을 떠올려 봐 누군가 네게 속삭였던 것을 생각해 봐 꿈에서 그리고 귓속 깊은 곳에서 숨을 죽이고 있는 단어들

일격 한 번 없이 고요하기만 한 공원

모성애가 거울을 깨고 나오고

그는 미래를 삼켜 본다 그는 향수병에 걸렸다

알코올중독은 아직까지 괜찮다 너무 지루한 의무들만 아니면

나의 그림자들아 나의 물고기 모양 그림자들아

> 역동이 그렇게도 중요한가 우리는 지혜로만 빚어낸 것

숨을 헐떡거리니까 시간이 계속 간다 26시, 27시

미술관의 사람들은 얼굴에 눈이 없다 그곳을 지키는 사람들과 천천히 걷는 방문자들은 서로 마주 볼 수가 없다

광장의 노숙자들은 종루들을 엉겅퀴로 감싸는 작업에 평생을 허비하고 있는 것처럼 보인다 하지만 그 종루와 거리의 야경은 영원히 흉내 낼 수 없는 희망이다

원형 건물은 감광제에 의해 소실되었다 나는 속도를 멈추고서도 사후 수평비행을 하고 있다

벌초꾼들은 약속을 잘 지키는 편이다

사람들이 고기 굽는 냄새에 쉽게 끌리고 있다 네 살짜리 아이는 영상통화를 손에서 놓기 싫어한다

새로운 차를 꺼내 오면 새로운 음미를 시작하기

이해되어 온 고향은 무슨 수를 통해서라도 복원된다 무덤 속에 있더라도

하늘은 자주색 긴장이 점령해 버렸다 나는 뛰쳐나가 본다 기술이 멈춘 후 수많은 계단이 만들어지고 있다 미래 전체가 계단뿐일 것이다

저기 그을린 피부를 가진 교사는 누가 보아도 교사처럼 보인다

확실한 걸음은 정말로 불안하다 표지판은 의미 없는 말을 한다

감지되는 흙냄새야 종종 잊게 되는 사실들아 안녕이라고 떠벌릴 줄 아니?

연금술이 가면 나도 가야지

＞ 학생들이 두꺼운 노트를 들고서 기원 이야기를 듣고
있다

기념일

help¹ [lʌv] I. (명) 1. 오토바이를 몰고 가다가 사람을 친다면 잠시 숨을 멈춤. (한숨 따위.) 2. a. 어떤 다친 인간의 얼굴이 몰고 오는 저녁의 바람을 쐴 때 넘어져 있는 다른 한 사람을 마주침. b. 마치 처음 본 것처럼 말하듯 전하는 괜찮냐는 물음에는 실은 어떤 의도도 없음. c. 네온 로고. d. 나는 많은 거미줄에 묶여 있음. ex. "나는 당신의 모든 도움이 필요합니다."

  II. (부/자동) 1. 당신은 알고 있을지도 모른다. 커다란 잠금과 크리스마스트리가 2월까지 유지되는 기쁨에 대해서. 한 번만 더. 나는 부정 거래를 하지 않는다. 2. (기하) 변(邊)이 호(弧)에 대해 가정한다. 3. a. 나의 주위를 돌아 누군가 걸어오지 않는다. b. 당신의 음악은 당신의 샹들리에를 끊어지게 한다. 4. a. 파라다이스에 대해 논하지 않는다. b. 푸른 먼지가 몰아닥치는 습지나 도래지 따위를 내달리는 견공들을 좋아하지 않는다. c. 갈대가 일어나면 쓰러진 몸은 그 속에 안온히 눕는다. ex. "만약 다른 떨림이 필요하다면 빛나는 헤드라이트를 앞에 두고 이토록 나를 추궁하는 것보다는 나를 돕는 것이 좋겠군요."

  III. (꿈) 1. 두 손으로 머리를 쥐어 봐, 우리가 인간으로 태어났으니까. 필요에 따라선 나에 대해서 말해야 할 때도 올 것이다. 우리는 한 팀으로 저 공터를 물들일 수도 있다. 2. 내게 다가와, 사람들은 저녁 식사를 하러 갔고 멈추지 않는 것은 여전히 피가 묻은 단화들뿐이니까. 3. a. 담배 연기를 그대로 정지하게 만들고 문제에 대해 생각해봐. b. 오른팔을 다친 너의 사진이 찍힐 때. c. 의미를 위해 타투를 새기러 가면서도 의심이 멈추지 않는 것. 또는 의심의 종말. 4. 가장 평범한 범주.

IV. (형용) 1. (연인) ~를 위해 보여지는 것을 하나의 조사(助詞)로써 기억하게 하는. 2. (사물) a. 건네는, 잃는. b. 움직임으로 인해 적극적으로 실격되는. 3. (고양이) 만남을 실현해도 되는.

help² [kriːm] I. (명) 1. 우유로 만든 여러 가지 물질. 2. 피를 대신하여 하늘을 날아가는 것 따위. ex. "내게 다가옴이 지나쳐 우리 집까지 놀러온다 해도 너를 위한 도움은 준비해 두지 못했다는 걸 알아 둘래? 가 보자, 그래도 괜찮다면."

help³ [wɪʃ] I. (명) 1. (신조어) 진짜, 진짜인 것. ex. "죽여 주는 도움에서 너를 꺼내 줄 수 있어."

help⁴ [skaɪ-bluː pɪŋk] I. (동) 1. 아무런 걱정 없이 자유 롭게 가구의 위치를 바꾸다. 2. 용기 없는 사람이 품에 갑 자기 닥친 어떤 것을 받아들이다. 3. a. 집단치료 앞에서 다소간 서성이다. b. 구술시험에 앞서 조바심을 내보다. 4. (해리) 그대로 멈추다. 정지 상태의 모든 풍경에 이물감을 느낀 후 넘어진 오토바이를 일으켜 세우다. 시체는 아무 런 예감도 마음도 주지 않는다. 쓰러진 사람이 무심히 흙 을 털다. 쓰러져 있다 일어나 흙을 털어내는 사람이 보낼 다음 하루를 생각해 보다. ex. "나를 도우려고 해 봤자 나 는 나아갈 뿐이야. 그렇다 해도 너는 프랙탈을 빨리 다 읽 고 오늘 밤 나를 도와 진행형의 방치 상태를 해결하러 갈 거지?"

II. (부/형) 1. (색채) 해가 뜨고, 가장 늦게 잠에서 깨는 미술관에 다녀오려고 할 때 하나의 무언으로 남아 있는. 2. a. 휴양지인 듯한. b. 머릿속의 실패인 듯한. 3. a. 멈추지 않는 시선의 부름 앞에서. b. 웃는 분신의 위험들과 함께.

4. 잘 모르는 지칭에 대해 취하는 소극적 입장을 뒤집으며. 5. 재시작하며.

   III. (곁) 1. 너에 대해 조금 더 자세히 알아야 할 필요가 있을 것 같아. 나는 다른 것은 잘 알지 못하고, 너의 후견인인 너의 아상블라지스트만을 알고 있을 뿐이니까. 2. a. 조금 더 부드럽게. b. 말조심하고. 3. a. 늑대들이 다가올 수도 있으니 렌즈를 전면으로, 전면으로. b. 나를 환각하게 하는 길가 목화의 행동에서부터 우리의 우연한 사교까지. 4. 일몰 속의 이파리들. ex. "설명이 되지 않는다면, 이젠 나는 도움에서 멀어져도 될 것 같아요. 집에만 있는 나의 고양이가 아직도 여전히 장티푸스에서 안전한 것처럼요."

help⁵ [mɪdnaɪt] I. (동) 1. 흐느끼며 주의하다. 2. 어쩔 수 없이 계속 흐르고 마는 시간과의 상호 보완적 관계 속에서 선언하다. 3. a. 이제는 모호하고. b. 이제는 발생하며. c. 이제는 가득 찬다.

help⁶ [diːp] I. (명) 1. a. 조각가의 이용. b. 내가 멈추고,

검증된 사실로만 당장 아무렇게나 말할 수 있는 복잡한 조합. 2. a. 쓸모없음의 대략적 동의. b. 경멸적인 뜻에서의 체험적 교구. 3. 자연과 충돌의 영향력 따위. ex."그래요, 나는 모순과 도움 중에선 결국 도움을 택할 것 같아요."

세에라자드

세에라자드와 나는 쫓고 쫓기는 싸움을 한다. 아니 나는 일방적으로 그를 쫓고 있다.

감기에 걸려 며칠째 앓다가 간신히 움직일 힘이 생겨서

이제 무얼 좀 해 볼까 하면서 가방을 메고 나가며 엘리베이터에서 내릴 때 갑자기

쏟아지는 백광으로 그는 이렇게 말한다.

"혼자라고 느낄 필요 없어

멀리서 아껴 줄 거니까

탠저린 위트(Tangerine Wheat) 한 모금 뒤에

입술을 적신 뒤에

목적이 없다는 것이 문제군

그러니까, 굴절에서 너무 자유롭다는 거야?

이상하군 오늘 밤 슈퍼문이 오기로 했는데

달이 이만 끝나기로 했는데

오늘은 너를 데려가지 않을 생각이야

네가 아프고, 또 아픔으로 일탈하니까

문화재 걷기 체험과
은폐된 바이킹의 사랑은 서로를 끌어당기지

소년들은 전시회장을 향해 걷지
버스에서 내려서
여러 명이 함께 막 땅에 떨어져서
총을 쏘는 시늉을 하면서

스펙타클로는 우리가
만날 수가 없어
알고 있었어?
의인화가 실패되거든

멀리서, 화장실의
깨진 전구를 고쳐 줄게
느껴질걸
색안경이란 진리를 쓰고 있으니"

그러면 나는 퇴근길에서도 소년이 되어 버렸다.

티켓을 구하러 가서 혼자 줄을 서 있을 때
셰에라자드는 다시 이렇게 말한다.

"티켓을 구해 오면
티켓을 목도할 수 있어
이런 시는 어때?
쿼리도에서 무조건 이기는 방법

만약 너를 바꿀 수 있다면
만약 내가 바뀐다면
근교의 야외 배구장에서
우리가 만나 볼 수도 있겠지

아체(芽體)끼리 만나 보는 거지
너는 늦었어
너는 또 나를 놓치고
그래서 우리가 조직돼

그래야 우리가 허락돼

노령의 서기가 물려주는 건
지난 이야기의 슬픔들이 아니라
오직 기회일 뿐"

셰에라자드는 악의 꽃도 읽었고, 발레리도 제대로 이해
해 본 것이다.
그는 이집트에도 가 보고 프랑스에도 가 본 것이다.
살아 보기도 죽어 보기도
생사를 넘나들며 외줄을 타며 외줄을 스스로 잘라 보
기도 한 것이다.
셰에라자드는 외줄이 잘려도 안대를 쓴 채 공중을
위태롭게 걸을 줄 아는 균형의 큐피드 같았다.

친구들에게 이끌려 억지로 끌려 나간 RULES에서 못
이긴 척 춤을 추다가
자리에 돌아와 두브의 운동과 부동을 만회하려 한두
잔 해 볼 때
셰에라자드는 또 이렇게 말하고 있었다.

"마부 역의 사람으로
저 울타리를 넘으면
희망이 있다는 걸
보여 봐

파란 양이
수많은 흰 양들 사이에서
소중한 존재라는 도덕을
망각해 봐

하늘은 복잡해요 낭비하지 말아요
춤에게 끌려 다니지 말아요
너의 눈 안에 내가 있으니
나의 너 안에 샘이 있으니

이 기회를 놓칠래?
시작일 뿐인데
이 환상을 놓칠래?
아니 환상에다 토할래

묻고 답하는 사이
빗나가는 그림자가 있어
벌판에 면허증을 흘리고
나귀를 끄는 사람이 있어

과연 첨단의 십일월이지
우리의 백색 손톱을
복제하는 원환면(圓環面)의 하루들
어머, 잔이 비었네"

학원에 갔다 돌아온 애인이 도착해서 가방을 내려놓고
나도 커피 좀 말하고 자리를 떴을 때
나는 셰에라자드의 공백을 느끼고 몸이 조금 추워지는
것 같았다.
셰에라자드가 우리를 따뜻하게 했던 것이다.
자리에 돌아온 애인이 학원에서 있었던 얘기를 해 준다.
나는 그런 게 마치 내가 겪은 일들 같다며 그리고 나는
견디지 못할 것이라며
함께 화내며 슬퍼한다. 그러자 애인은 이제 좀 살 것 같

다고 말한다.

　"이번 휴가 땐 여행을 갈까? 저번에 말했던 그곳."

　"소라도 잡고?"

　"소라도 잡고."

바닷가에선 우연히 셰에라자드를 만날지도 모른다.

"새로운 세상이 온다 해도

당신은 잘 지낼 거야

나를 사칭하지 않아도

얼굴을 꾸미지 않아도

사실, 나는 점점 느려지거든

모든 걸 네게 주고 싶거든

네가 나를 발견할 때

놀라지 말아야 해

붉은 목걸이 대신에

붉은 전구를 목에 걸고 있더라도

나를 말릴 거야?
나를 또 죽일 거야?

다시 이야기를 해 줄게
나는 나스레딘을 사랑했었는데
그는 좀처럼 내게 관심이 없었고
나는 문제가 많은 애였지

한 번도 고백하지 못했어
좋아한다고, 그리고 나는 떠났지
그리고 그도 떠났어
벽장의 시차로 서로 슬퍼했는데

역 앞의 긴 의자에서 그를 다시
만난 거야 그는 많은 사람들에
둘러싸여서 얘기를 전하고 있었지
사람들이 크게 웃고 있었어

감송 향이 막 흘러오는데

눈물을 멈출 수가 없는 거야
나는 그를 제대로 볼 수도 없는데
그가 나를 향해 웃는 거야"

집으로 돌아와 세수도 하고 손발을 씻고 뭔가를 좀 읽
을까 하며 의자에 앉았는데
셰에라자드가 침대 위에 쪼그려 앉은 채 나를 보고 있
었다.
내가 말했다. "너는 고작 이런 방식으로……"
그러자 셰에라자드가 말했다. "그건 오해야, 정말 그건
오해일 거야, 들어 봐"

"생각을 저장하는 창고가 있어
이야기가 흐르고 있지
조망의 코드들로
박람회장이 늘 붐비는 것처럼

지금이 몇 년도인지 중요해?
오늘 밤을 진부한 모스부호로

톱질해 보는 게, 문제를
매혹하는 것보다 더 필요해?

내가 만나 본 여러 총독들은
아직도 양송이를 구우며 살아 있거든
나는 이제야 갓 반생을 살았는데
출항의 냄새들은 잊히지 않더라고

잡초들이 자라는 맹목적인 인상에서
의무와 관례를 벗어난 소녀들
나는 소녀들의 시계 주머니를 꿰매며
아무것도 바꾸지 못했어

네가 서랍을 열 때마다
매번 만났던 빈 엽서를 돌려줄게
나도 쓰지 않았고 너도 아무런 말도
남기지 않을 빈 엽서를

노름꾼들, 무덤 앞 음들

사랑을 전달하는 완벽한 질서들
사람의 재치 있는 말솜씨
자유롭다는 건, 틀렸다는 거야

아직 많이 남았어 잠들지 마
목소리의 매력에 대해서는
말하지 않았지? 그건 때로 슬프고
주어진 공포의 족적이야

많은 방법들로 많은 사람들에게
신속한 양보 끝에…… 속삭여
이제 우리가 왔다고, 많은 벌을 받아
이제 보편의 유비를 파악하지도 못한다고……"

나는 셰에라자드의 이야기를 들으며 몽롱하게 잠에 빠
져 버렸고
이런 잠은 수천 번 반복될 것 같았다.

셰에라자드는 달아나지 않는다.

아레시보(Arecibo)

'고작 이런 거밖에 못 하겠어'라고 말하자 침묵이 다가온다 햇빛을 머금은 침묵이 파스타를 끌고 와 식탁을 짧은 편지처럼 바라보게 한다 연결되는 굶주림에서 일어나 온몸을 적시는 목소리들이 파고든다 다행이다 다행이야 사뿐히 포진한 하루 이틀 사이 알 수 없는 음악이 흘러나오며 인간이 소외되는 구도 속 검은 거울 검은빛 어두운 만남 이것뿐 우린 이 정도에서 멈춰야겠어

산문의 평행이 우리를 가로지른다 우리 속에 아무런 혼동이 없다 모든 게 다 지루하지? 다행이야 결심이 쉬운 일은 아니겠지만 두렵지도 않은 일이지
수만 잔의 마티니를 마시고 기억을 음절로 토막 내는 거잖아
따분한 염세의 걸음으로 조명이 거의 다 꺼져 있는 재활원의 복도를 걷는 게
위압적인 위로를 끌어안게 하진 않잖아

억지로 누군가를 지켜야 하는 게 이렇게 기분 나쁜 일일 줄이야 깊게 생각하지는 않을래 그래 어젠 새로운 나

의 환시가 도착했어

　1층 로비에서 코코넛 주스를 마시며 너를 기다리고 있
을 땐
　다른 많은 사람들도 마음속으로 코코넛 주스를 삼키고
있다고 생각해
　영원을 목구멍에 부으며
　목이 막히기를 기원하는 것 같다고
　그게 우리를 매력적으로 보이게 하는 것 같다고
　우린 고작 가로질러 가는 중이지만
　가로질러 높게 낮게
　낮게 높게
　재능들과 리허설을 해 보며
　언제나

　집에 돌아오면 다시 침묵과 멀어진다 내가 알고 있던
사실들을 나의 환시는 함께 바라보지 않는다 거기 뭐가
있냐고, 대체 뭘 바라보고 있는 거냐고 말하지 않는다

소라 속에 환시를 가득 채워 넣고

껍질을 조심스럽게 망치질해 보고 싶다

깨진 가루들을 세차게 불어 바닥에 떨어뜨리고
공명의 모양대로 다시 굳어 버린 환시를 목에 걸고 다
녀 보고 싶다

그렇게 이 세상을 다 보여 줄 것이다

환시는 여러 번 이렇게 말한다 저녁을 먹으러 가지 않
을래?
제발 저녁을 함께 먹지 않을래?
혼자가 싫고 혼자가 관습이 되는 것도 싫어
그러면 나는 그와 저녁을 먹으러 간다

해가 지고 있는데 창밖의 탑에서 사람들이 번지점프를
준비하고 있다
3, 2, 1 숫자를 세면

뛰어내리려다 멈추고
다시 숫자를 세면서 호흡을 가다듬는다
뛰어내림을 한 번 창조해 보는 사람들처럼
모든 기억을 조물하고 박제해서
자판기 버튼을 누르는 듯한 단순함으로
삶을 한 번 떨어뜨려 보듯이
기회를 얻으려는 유언도
유언의 연재도 이제 그만
멈춰야겠어

나는 또 재활원이었다 많은 사람들이 시간을 동시에
통과하고 있었다 소실점을 눈앞에 두고 참을 수 없다는
듯한 눈빛으로 고작 화장실의 빈 칸을 찾아다녔다 주스
를 마시고, 의사 선생님을 찾아, 내 앞의 암전을 끝내 주
세요 하고 말하고 있었다

정말로 원한다면 끝내는 것은 쉬울 것이다

인사를 녹여 놓은 습기로, 보도블록으로, 화살처럼 꽂

혀 가는 사교로

밤이라는 시간, 그러나 멈춰야겠어

나의 길을 따라가면 다시 나의 집이 나오고 우리는 눈
을 감고도 그곳까지 찾아갈 수 있다 문을 열고 침실 안
탁자에 시계를 벗어 두고 부엌에 앉아 딱딱하게 굳어 버
린 식빵을 따뜻한 우유 한 모금과 함께 먹으며 거실 소파
에 누워 바짓단을 접으면서 리모콘을 집었다가 그러다 나
도 몰래 잠들 때까지 편안한 시간을 보내다가

잠시 잠에서 깼을 때 눈을 뜨지도 않고

다시 침실로 돌아가면

나의 환시는 이렇게 말할 것이다
어디서부터 들을래?
어제 그곳에서부터 다시?
나는 그곳에 뭐가 있냐고 묻지도 못하는 잠결

> 그래서 이렇게 말한다

네가 있어서 편하다

잠결, 소녀들아, 소년들아

세상에, 그 많은 석탄을 끌고 몇 마일을 걸어온 거니?
이제 멈춰도 돼
노랠 들어도, 잠결로 시를 쓰는 대신에
영혼을 가득 채워서, 높고 낮게 날아도

뛰어내리자

캬라멜

너의 첫 캬라멜은 어디에 있니
누군가의 기억에서 계속 굳어 가니

온종일 무언가를 그리고 있다
하루 바깥의 일을 예측하면서

하루가 한 번이 아니기를 원하며
예측 속에 묶음이 있기를 기도해 본다면

붉은빛의 이끼야
너의 첫 단상들은 달빛이 되었니

남루한 천재들이 백설탕을 끓이다가
비명을 지르며 달아난다면

발소리가 잦아든 무쇠 향의 기억이
굳어 가니 캬라멜을 싹 쓸어 가니

늪을 걸을 때

허우적대며 늪 속에 나를 묻을 때

가방에서 흰 셔츠를 꺼내고
쿠키를 간신히 구출하고

내가 새어 나오는 눈동자로
원근을 자르는 비를 바라본다면

바라본다면
사실을 말해 줄 수 있겠니

두 다리로 말하는 것을
너의 생각이 무릎과 발의 금기로써 태어나는 것을

그 순간의 캬라멜을
떠올릴 수 있겠니

*

소녀는 벤치에 누워 도감을 읽고 있다
곧 예식이 시작될 텐데
예식이 시작되면 모두가
저 소녀를 찾을 텐데
소녀가 사라진 것을 알면
다들 놀라서 예식이 시작되지 않을 텐데

저 벤치는 아무도 집에 가지 않게 한다
저 벤치는 우리를 깨닫게 하겠다

셰퍼드의 시간이 오고 있다

커플링

너를 가장 높은 탑 위에 올려 멀리 보게 해 주는 커플링
두 문장만 가지고도 미래의 질서를 꿰뚫게 하는
커플링
손가락이 가리키는 곳에서
노역자들이 빛으로 너를 훔치고

느낄 수 있는 신호의 위반을 계속 수정하는
동요 없이, 일제히 퇴장하는 이 높은 탑
그리고 불안이 너의 긴장을 잠시 놓칠 때
커플링

'단지 정말로 안쓰러워'
하며 낮게 속삭일 때
커플링이 윙 날아간다
커플링은 가고자 했던 방향이 아닌 곳으로 떠밀린다
떠밀리는 커플링이 말한다
'저기 저 불빛이 바로 나예요.'

아이스크림은 녹아내리는 것인가 녹아서 만들어지는

것인가
나는 낭비된 발코니에 있었다
나는 발코니의 공론에 들어와 있다
발코니 한편의 의자에 다리를 꼬고 앉아
발레 영상이나 검색해 보고 있었는데

커플링은 몰래 집을 나가서
반복적인 어둠과 교대를 마친다
명료한 속단으로
도로 위의 차들이 망루의 빛을 수긍하고 있다
도로 위의 불가피한 직선들
커플링

부조리 캠프

불 을 끄 고 잠 에 들 어 도 되지만아무거나한번만더읽고그리고시계를한번더보고 잘 래

잔다는것을시작하기에앞서우릴더많이 마 주 치 면 서 그 리 고 나 를 팽 개 치 면 서

불을끄고서야비로소시작되는하루가있듯나는이 곳 에 서 외 딴 공 일 지 도

밤이야 그 래 밤 이 잖 아 밤을좋아하기만하면그만인데우리가그속에들어가면그만인데

그래도읽을것들이남아잠을이루지못하면한참동안누워있던곳이결국비스듬한시간위라면

또한잔류한 맛 있 는 것 들 괜찮은흙냄새들기다린잎사귀를늘어뜨린 버 드 나 무 들

충동을가라앉히는만남과실망을단속하는물음은 나 의

섬 일 뿐 이잖아

　공동의천국에서하품이들려와잃기로작정한 소 망 과 지
겹고소중한원한을닮은

　산책을나가볼까문이없어도빛나는혼이없어도나를지키는
가혹한세계의벌이없어도

　책을읽으면그냥엄청엄청슬펐어단어들은전부 유 리 주
의 같은 경고들

　그유리안에내가없어도비치는것은오래된결속의감각뿐또
한영원한부정은없어도

IIRC[*]

　우리를 지배하는 절대적인 힘이 있다고 믿는다면, 노역처럼 시간을 끌며 지나온 길마다 남겨 놓은 푸른 갈대의 녹이 슨 흔적들 또한 우리는 거둬들일 수 있다. 지친 용병의 입에서는 질문이 시작될 리 없고 단어들의 편법으로 구성된 미래에 누워서만 진흙 묻은 장화가 벗겨질 수 있다. 복도를 지나는 소년의 두 손이 불명예를 향하려 한다. 손을 향한 외면들이 모이면 우리의 다름은 그저 영원히 앞니를 만지기로 약속한 비열한 장난에 그친다. 그리고 소년의 얼굴은 한 번도 볼 수 없다.

　힘에서부터 비롯된 작은 사치들이야말로 거리를 배회하는 밀랍 인형들, 음악가들, 배낭에 갈고리를 숨긴 자들에게 필요한 비명이다. 숨을 죽이면 가까이서 불어오는 바다의 바람, 사방에 펼쳐진 결말 앞에서 우리는 소라 속의 쪼그라든 고막일 것이다. 표현을 원하는 자가 대접하는 근사한 차와 식사, 그 앞에서 다름이 아닌 틀림에 관하여 묘사하는 것만큼 완전한 문장을 발설하는 일은 없을 것이다. 한 개의 거울이 있는 방에 혼자 남은 그의 실패는 이제 행운을 상징하는 묘수로 남아 있다.

〉 누군가 또다시 카드 한 장을 건넬 것이다. 새롭거나, 혹은 새롭지 않더라도 운명이라 믿을 만한 이미지와 가치를 지닌 흰 벽을 꺼낼 것이다. 시꺼먼 안개의 밤이 지나면 부유하는 갈대가 끈질기게 휘날린 후에 풍경을 지우는 새벽이 도착할 것이다. 소년이 뛰어 들어와 비웃으며 그의 뺨을 갈겨 주길 바라더라도 아무 일이 일어나지 않을 것이다. 노년은 미워지고 미워지고 미워진다. 배부르게 먹고 절대적인 배부름을 상기하며 다시 온몸의 힘이 풀린다. 가당한 그르침의 부름 앞에 놓인다.

그러니 이제는 대답, 대답의 차례가 오려 할 때는 매혹의 표정을 잊는다. 물이 끓는 주전자보다는 주전자가 놓인 선반을 계속 바라본다. 그는 물이 되다가 선반이 되다가 이륙하는 수증기 안에서 실망의 비를 뿌린다. 누군가는 이렇게 말했다. 당신, 두렵지 않을 때도 지름길을 향해도 돼, 그러니 펼친 사람은 가능하다. 펼친 모방의 도로가 그러하듯, 이미 언어로 가득 찬 날개와 진흙을 털고 난 후 침묵의 장화만이 다시 이야기를 꺼낼 것이다. 바다의 바람, 그것은 어떤 쪽지 같은 미소, 열린 기쁨인 발소리와 불이다.

　손에 쥔 것들로 인한 만남들은 순간의 감정을 암기하지 않는다. 그것은 나와 빈틈없이 간격을 좁히며 우리는 거의 선박의 시간을 함께하는 아이들처럼 웃음을 멈추지 않는다. 그는 그의 얼굴을 만난 적 없고 푸르다는 것은 흔적도 아니고 다르다는 것은 배타적인 축복의 약속이다. 소년이 자기 손에 더 높은 탑을 쌓을 수 있다면, 복도의 점선들은 바깥을 향하는 소리의 길이 될 것이다. 끝난 삶을 어느 곳이든 다시 흘러갈 수 있게 만드는 새로운 기계성의. 행운처럼, 흩날리는 푸른 갈대들에 힘의 불이 붙는다.

* If I remember correctly.

또다른 오해

편지지를 독살했다
좋은 냄새를 따라간다
나침반이 작별한다
숲이 다시 한번 말한다

장막은 우리의 심장, 검은 정원은 온통 검은 주문에 의
해 피어나고
과거로, 과거를 독점하러 가는 사람은 이제 무사히 말
을 더듬는다

징후를 가진 동물들이 교령회처럼 새로운 간청을 시작
하고
리좀을 말했던 선생은 죽고 특정 위치에서 평범한 흙이
자란다

오해는 끝이 없어서 연둣빛 언어는 아무런 목표도 없고
오늘은 돌연변이 극작가의 일요일같이 매복한 것에 시
선이 뺏긴다

이렇게 넓은 장소에 와 본 적 있어?라고 말했던 목소리
가 들리고

기억은 발길을 돌린다 배경은 사랑이고 마음은 건축이
어야 하고

논픽션에서 해파리가 눈부시다

쉼없이 뛰는 심장이 숫자다

이별이 조건이다

이중구속에 접속한다

쉬고 싶다고 말하는 사람에게 마음이 쓰이는 이유를
아는지

외면하려 했던 전조가 다시 피어나는 곳이 어째서 동
굴인지

미움이 은거하기를 그만둘 때마다 비극을 갖는다

광채의 양식은 뒤돌아보지 않는다 도시는 커튼을 걷는다

수많은 모서리가 시학이면서 형태소인 채 길을 만든다

기절하는 경외가 거리를 파고든다 추이가 타오른다

배후를 견디는 석양과 시간착오적인 투명한 발소리들
파상의 눈꺼풀 한 쌍이 허공을 바라보며 번진다

편안한 분리가 되풀이된다
애착과 초대가 지휘한다
좋은 냄새를 따라간다
장미수국을 산수국이라 말한다

탈진

다를 거라고 생각했어
그리고 끝내 알게 된 것은
얼마나 미지근한 집착이 우리에게 놓여 있는지

돌이킬 수 없는 변명이지만 어느 곳에나 현재가 있어

어제의 나는 비행의 문양을 그린 후
문양으로 신체를 대신하는 사람이 될 거라고 결심했
는데
이제 착각과 쉼표가 얽혀서 단조로운 일상을 이루고
독백이 언어를 벗어나며 구덩이를 채우고 있지

은밀한 사실들이 천천히 형이상학의 측은을 벗어나고
있어
다시 어떤 악명 높은 기억을 꺼내 놓더라도
부재가 우리에게 안겨 준 새로운 대화 속에서
참조하는 물성으로만 착안되는
후회를 경험하게 될 텐데

기어코 모래바람이 사다리를 넘고 있어

어느 정도 악몽을 꿀 자신이 없으면
빗나가는 여름의 의무 속에서 잠에 들 수도 없겠지만
끈적이는 손아귀를 씻어 내지 못하듯이
익숙한 고백의 영역만이
증류를 마친 꿈을 속삭인다

연역에 지친 구름이 되어 가면서
길이 펼쳐지고 휘발된 허점에 둘러싸여서
똑바로 볼 수 없다면 무얼 해야 하는지
거침없이 결정적인 건설을 뒤로한 채
정말로 비유로서 부서지고 있는지

두 개의 벽돌이 이미 내가 되고 있을 때
시야의 존재는 압축적인 사면 만들기로써
얄궂은 오해들로 집을 생성하고 있어

집에서 출발해 다시 집으로 돌아오는 순례자처럼

밤을 태양에게 바치는 순간의
불안정한 대속이
우리의 마른 얼굴을 지배하려 한다

진흙탕의 대단원에서
소용없는 대칭을 느끼며
슬픔의 휴식 시간과 생생한 충격을 주는 사물에 의해
사실로 위장한 거점과 운명을 나누고 있어
시작의 단계에는 어떤 교감이 있었는지
또는 어떤 불안감이 수신자인 우리를 밀쳐 버리고
끝나 감에 동참했는지 알 수 없이, 눈을 뜬 순간
생각으로 맹세를 해
안색으로 약속을 해

낱말이 권위가 변화에 저항하고
끝내 알게 된 것은 그림자조차 고갈되는
고요 아래 망각

망각을 짓누르는

침묵에 휩쓸리는
선언들

4부

동경과 잔해

네가 한손에 사과나무를 얹고 돌아왔을 때
나는 그게 나무가 아니어도 상관없다 생각했고
미래에 후회로 물드는 어떤 몸을 떠올리면서
그런 후회는 아마 회색일 거라고
토로의 무게는 나무 같을 거라고
잠잠히 생각해 보았었지

옷을 맞춰 입은 호수의 사람들을 바라보고 있을 땐
얼어붙어 보이지 않는 연민들이 주변에 가득해
가려운 입술들을 정렬한 텅 빈 공간이 있어서
지금은 마음이나 현실을 키워 낼 수 있는 것이지만
단지 네가 돌아와 무엇인가를 잊을 수 있다면
권태라는 상상도 미약한 동경에 다름 아닐 것이다

비치는 녹색 연기들 아래여서
녹색 나무가 무슨 말을 하는지 알 수가 없고
끝내 다가오는 것이 언어가 아니어도 상관없다 생각했
는데
흐릿한 필기체로 쓰인 새해 선물을 받아들고서

다시는 미래에 대해 희망하지 않겠다고
작은 결심을 떠올리기도 했었다

욕망은 그저 타오르는 소명과 같아서
부지불식간 반짝이는 탈출에 이르고
그곳에서 구원되지 못한 생명이 짧은 기분들,
낙서와 각본, 경험들, 한 예술가의 출발점 같은
기억이 기억의 각주에 매달린 상태에 있고
우리를 붙잡는 것은 결국 계승되는 공포였다

그리고 언제나 이미지를 말해야 함을 잊지 않고 있다
이미지가 고여 있는 오늘에 대해 실망하면서도
실제로 그림 속 평형의 포옹은 감각할 수 없는데
고작 습관에 의해 저술되는 그리움과
함의와 상투성이 관여하는 무늬들
논리적인 어린 시절이 우리를 만지고 있다

저변이 소멸해서 누군가가 돌아올 수 있는 것이다
땅속의 얇은 은색 실끈들이 서로를 잇고 있다 믿었지만

새들을 붙잡으려 하는 편리한 후회를 알고 있어서
외벽에서 떨어진 석회로 불을 지피려 하면서
나무를 심고 나무가 자라는 동안
나무를 잊으며 성큼성큼 걸어 나올 수 있는 것이다

서로의 방황이 시작되는 기작을 멈출 수 없다면
다시 만나자는 약속이 가리켰던 무정의 시간도
그리고 다시 고통도 보도록 하는 고결도
빠르게 달리기만 하는 탈것이 있는 거리와
호의에 붙들린 지금에 대한 단순한 취미도
검게 물드는 흰 우박들에 파묻히고 마는 것이다

단순히 시작일 뿐인데도 피 흘리는 운명과 같이
끝을 상상할 수밖에 없는 불가피한 용서들이 있다
밟을 수 없는 기억으로만 살아가게 하는 자국들
형식적인 악습이 지연시키는 애도의 징후와 함께
감행하는 것은 또 하나의 휴식지와 같은 최악의 말
우연이라는 한계와 원천들, 입을 닫는 손

베어울프

먼지로 만든 구름은 다시 먼지로 변할 수도 있을 것이다
믿음이 그러하듯

때 아닌 여름이었고 갑작스러운 혼란에 휩싸인 채
베어울프는 꿈으로 다시 돌아갈 수 있을 것만 같았지

왕국에 사는 많은 우울한 눈빛들은 유서로 치장한 상
태여서
불안정한 서막이 오를 때마다 침대 밑에서 영성을 마주
하고는 했다

저 유령은 원래부터 저렇게 기분이 안 좋은 거냐며 누
군가 물을 때
표정보다는 유령의 뒤를 따르는 자정의 목소리를 보라
며 베어울프는 말했지

사랑은 언제나 높은 목소리여서 미안하고
밤에는 산란하는 곁눈질과 그것의 이동을 전제로
망각을 돌보는 향기와 꿈이 베어울프에게로 돌아온다

> 마을 밖에서 일어난 소란들은 파편의 이야기지만
파편은 다시 구름이 그러하듯
유한한 심연으로 변할 수도 있을 것이다

어떤 말들은 기록되지 않은 채 존엄에 관한 규율이 되
기도 하겠지만
시간이 아무리 이어진다 해도 시간은 시간으로부터 꺼
내려 하는 의미가 없고
단정한 휴식 속에 있는 더 나은 미완성만이
차가운 목적을 이해할 것이다

꿈으로 돌아가려 하는 방식으로 무너진 우리를 일으킬
수 있다고 생각했던
베어울프 또는 베어울프의 이야기

조롱만이 남아 있다 해도
여전히 의식의 가능성이 발소리의 장소로 가고 있다

네 앞에: 내 펜 소스로

민구홍

안그라픽스 랩 디렉터, 민구홍 매뉴팩처링 운영자.
'현대인을 위한 교양 강좌'를 표방하는 '새로운 질서'에서 '실용적인
동시에 개념적인 글쓰기'의 관점으로 코딩을 이야기하고 가르친다.

1

네 앞에 느닷없이 펜 소스가 놓인다. 네가 펜 소스를
보고, 읽고, 읊조리는 순간 너는 네게 익숙한 언어의 지평
을 뛰어넘는 시공간에 발을 들여놓는다. 이때 언어는 더
이상 투명하게 의미를 전달하는 수단이 아니다. 오히려 자
신의 물질성과 불확정성을 드러내며 너를 유혹하고 망가
뜨린다. 펜 소스는 너를 미로에 남겨 둔 채 유유히 사라진
다. 네가 펜 소스를 이해하거나 오해하기 위해서는 기꺼이
즐겁게 미로에 빠져들어야 한다.

펜 소스는 "교차하는 그늘"(「펜 소스」)이자 "교차가 끝
난 빛 사이에 혼자 남아 있는 동공의 찌꺼기"다. 그렇

게 펜 소스의 언어는 의미의 명징한 전달을 거부한다. 오히려 "거친 음성이 이어지는 곳"에서 "금이 예술이 되"는 역설의 공간, 기표와 기의가 끊임없이 어긋나는 차연(différance)의 운동을 펼쳐 보인다. 이 안티-커뮤니케이션의 수사학 속에서 펜 소스는 너를 "말하기의 차원"으로 초대한다.

펜 소스가 버려 둔 말의 파편을 좇다 보면, 너는 "진심과 미소는 성찰이 시작될 때 완성을 끝마치는 텍스트"라는 깨달음에 이른다. 즉, 펜 소스의 수수께끼 같은 언어를 관통할 때 비로소 "우리가 스스로의 이름을 부를 때" 마주하게 될 진실의 영역이 존재한다는 것. 하지만 진실은 결코 단번에 억지로 붙잡을 수 없다. "페이지를 넘기고 또 넘겨서/ 무언가 안 보이는 것들이/ 다른 날과는 다르게/ 조금 빠르게/ 회전하는" 와중에 너는 실마리를 애타게 좇아 헤맨다.

펜 소스의 미로는 "공중에서 지상을 오래 지켜보면/ 옷을 말리는 사람들이 서서히 쇠미해지는 것"처럼 기존의 질서가 자명하게 붕괴하는 불가능성의 공간이다. 이는 "가장 중요한 것은 자신이 자신을 호출할 수 있을지/ 할 수 있다면 그것이 반복할 수 있는 선택일지 반문하는 것"이 요구되는 결단의 순간이기도 하다. 펜 소스는 네게 묻는다. 익숙한 말의 왕국을 떠나 낯선 사유와 표현의 모험을 감행할 자신이 있는지.

네가 이 모험에 뛰어들 수 있다면, 펜 소스를 부유하는 "심해의 문장들"은 "부서지는 것/ 지켜진다는 감각 없이/ 흐릿한 언어로 쓰여진다는 것"의 고통을 선사한다. 하지만 동시에 "초청하는 자와 초청받는 자가 모두 다음에 이어질 단어를 원"하는 기대 또한 부여한다. 네가 펜 소스의 난해성에 좌절하는 동시에 펜 소스가 "외딴 그늘에 깔린 미사가/ 다음 날 오전에는 광장"이 되리라는 희망을 놓을 수 없는 까닭이다.

펜 소스는 언어의 한계와 가능성을 동시에 사유하게 만든다. 따라서 펜 소스를 함께하는 일은 결코 안락할 수 없다. 하지만 네가 그 불편함을 즐길 수 있다면, 펜 소스의 "지그재그를 꿈꾼" 언어는 "포섭되지 않는 갑각류 바다 생물처럼" 생경한 풍경을 선사한다. 펜 소스가 너를 유혹하는 전략이다. 단순한 생경함을 넘어 "검은색 잉크를 뱉어 내는 계보학"으로 이끄는, 위험하고 달콤한 초대장을 보냄으로써.

2

네게 펜 소스는 일종의 포스트모던 트릭스터(trickster)다. 펜 소스는 케네스 골드스미스(Kenneth Goldsmith)의 '비창조적 글쓰기'(Uncreative Writing)를 구사한다. 옷을 갈아입는 변주자이자 "어린이처럼 비슷한 몸짓을 반복"하는 펜 소스에게 창조는 기존의 텍스트를 해체한 뒤 새로운 질서를 부여하는 유희에 가깝다.

펜 소스는 "비웃"이자 "어떤 의도를 갖지도 않고/ 어떤 목적도 없이 소설을 휘갈기는 한 번의 몽상"이다. 이처럼 펜 소스의 글쓰기는 자의식적으로 독창성의 신화를 거부한다. 펜 소스가 "때론 어린아이처럼 비슷한 몸짓을 반복"하며 옷을 갈아입는 건 표절과 복제에 기반한 생산 방식, 즉 기존의 말 더미를 발굴한 뒤 재조합하고 재배치하는 일을 과시하기 위해서다.

펜 소스는 "오픈 소스"(open source)로서 자신에게 내재한 다양한 목소리를 필터 없이 드러내는 데 주저함이 없다. 펜 소스가 "미련으로 이어져 있으며/ 소멸하는 자연 위에서 선의의 표박으로 생환"하듯 펜 소스는 다양한 말의 조각이 한데 뒤섞이고 경계를 넘나드는 열린 공간이다. 그렇게 자기동일성을 전제하는 근대적 주체의 개념은 해체되고, 펜 소스는 일관된 내면을 드러내기보다 타자의 목소리를 끊임없이 전유하고 변주하는 다중적 존재가 된다.

"그리고 제자리걸음……// 부드럽게 끊기고 마는 망막 효과"처럼 펜 소스의 반복과 차용이 만든 미학은 기시감을 불러일으키기도 한다. 하지만 바로 그곳에서 낯설고 새로운 의미가 떠오른다. "우정과 심연의 웃음이 함의에서 함의로 나아"가는 순간이다. 펜 소스의 글쓰기는 "죽음이 가장 강한 것이기 때문에 죽음을 연기할 수밖에 없"는 기존의 언어가 지닌 진부함을 극복하기 위한 역설적 전략인 셈이다.

그럼에도 펜 소스의 유희가 단순한 상대주의로 귀결되지는 않는다. "펜 소스는 윤리적 기원으로서 현재를 벗어나/ 모두에게 기여하는 공평한 적막"을 꿈꾼다. 펜 소스는 "한계를 의미한 채 한계 앞에 서 있기만" 하는 것을 통해 진리에 대한 회의에도 진리를 향한 탐색을 멈추지 않음을 증거한다. 이런 모순적 태도야말로 펜 소스의 진정한 윤리다. 펜 소스는 "질서는 휴식 속에" 있다고 말하지만, 이는 "언제나 제자리에서의/ 각자의 말하기"로 이어지는 불가능한 휴식이다.

결국 펜 소스의 '비창조적 창조'는 네게 "더 나은 것처럼 보이게 하는 평면의 움직임"을 넘어 "익숙한 도로에서부터 차츰 잘 모르는 도로를 향하는 관측"을 요구한다. 타인의 말을 모방하는 펜 소스의 수행성을 통해 너는 언어에 내재한 타자성을 직시한다. 그렇게 너는 네 안에 존재하는 무수한 목소리, 너 자신을 이루는 잡다한 언표를 발견한다. "가상의 공간에서" 펼치는 펜 소스의 실험은 주체라는 허구를 해체하고, 새로운 주체를 이루는 가능성을 모색하는 급진적 퍼포먼스다.

3

물론 펜 소스와의 동행은 그리 평탄치 않다. "펜 소스의 옆에도 함께 걷는 것"이 없기에 너는 이따금 길을 잃고 절망에 빠질 테다. 하지만 이 고독한 모험 자체가 펜 소스가 네게 선사하는 선물이다. 펜 소스는 너를 안락한 언어의 질서에서 끌어내 낯선 표현의 광야로 내몬다. 그렇게 너는 펜 소스와 함께 누구도 확언할 수 없는 "더 나아가지 못하는 곳"에 다다른다. 펜 소스는 그저 그곳에서 "넘어져서 사라져 버"릴 뿐이다.

펜 소스는 "몰락하는 일주일이 환영을 이루"는 "터진 전구를 새로운 것으로 바꿔 꽂지 않는" 곳으로 너를 유인한다. 그곳은 "마음도 먼지를 뒤집어쓰고/ 현기증이 시간을 얻기 위한 게임에 가담"하는 불가능성의 공간이다. 펜 소스는 네게 익숙한 "말할 것"의 영역에서 벗어나 *"말 없는 가운데 이어지는 이상적인 식사처럼/ 우리는 거울과 무관해"*지는 무언의 세계로 발을 들여놓으라 요청한다.

펜 소스가 "심해의 문장"을 향해 나아가되 결코 그곳에 닿을 수 없다는 역설은 언어의 모험이 지닌 윤리적 차원을 암시한다. 모든 말하기의 저편에는 침묵이 도사리며, 너는 오직 그 침묵을 견디는 방식으로 진실에 다가설 수 있을 뿐이다. "프람으로부터 시작된 펜 소스"가 결국 "프람에게로 향"한다는 순환 구조 속에서 펜 소스는 "가슴이 두근거리는 진흙투성이들 앞에서 연신 고개를 끄덕이며" 괴로움과 불안을 감내하는 윤리적 주체로 거듭난다.

이런 점에서 펜 소스의 출구 없는 여정은 단순한 허무주의가 아니라 "세상에 없는 말"을 향한 갈망 그 자체를 언어화하려는 시도에 가깝다. 펜 소스의 파편적이고 불연속적인 문장은 "희망이랄 것이 있다면/ 테라포밍의 광장에 근하신년의 메시지"처럼 불가능한 약속의 흔적을 간직한다. 펜 소스가 "미래인에게" "불길한 조서"로 다가올지라도, 그 불길함 속에서 너는 세계를 다시 창조하려는 유토피아적 상상력의 불꽃을 발견한다.

펜 소스의 모험이 목적지에 이르지 못할지라도 중요한 건 출발 그 자체, 즉 언어를 통해 세계를 새롭게 사유하려는 의지다. "펜 소스는 진실과 미지, 불씨들"이며 "이야기꾼의 바람직한 일원론처럼/ 연약한 메아리"에 불과할지 모른다. 하지만 그 연약함 속에서 너는 "순간을 잃어버리"는 동시에 "묘비의 활자를 넘어뜨리는 산들바람"을 만난다. 펜 소스의 좌절 어린 방황이 "단 하나의 문장"일지언정 그 문장이 품은 "가장 열려 있는 장소"로 너를 초대한다.

이처럼 펜 소스는 언어를 통한 세계 인식의 한계와 가능성을 동시에 제시하는 양가적 기획이다. 펜 소스는 결코 명쾌한 해답을 제시하지 않는다. 다만 "늘 부수고 망"치는 펜 소스는 "죄의식이 없는 바닷가재의 실천"처럼 기존의 규범을 파열하고, 너를 낯선 지평으로 이끌 뿐이다. 펜 소스의 윤리는 바로 이 통과의례를 감행하라는 요청 속에 자리한다. "연극에게 닿아 분명한 조롱으로 입을 맞추고/ 힘겹게 다시 아이의 등을 두드리"는 펜 소스의 모습은 절대적 진리를 포기하지 않는 동시에 그 불가능성을 자조하는 양면적 몸짓이다.

4

펜 소스의 실험은 궁극적으로 네 현재적 조건과 앞으로 나아갈 방향을 질문한다. 펜 소스가 보여 주는 파격적 언어 의식과 급진적 상상력은 네 지형도 위에 하나의 이정표로 발기한다. "이야기를 이어 나가고자 하는/ 펜 소스는 여전히 거리에 서" 있지만, 그 존재 자체로 너를 지배해 온 규범에 도전장을 내민다. 펜 소스가 "오늘의 선생"으로서 "말을 배우"고 "할 수 있는 것과 하기 힘든 것을 저울질"하는 모습은 네가 마주한 미래의 자화상이기도 하다.

텍스트의 다성성과 개방성을 전면에 내세우는 펜 소스의 도발은 "강단은 보이는 것으로 사랑을 하려" 들고, "질주는 보이는 것을 소환하려"드는 네 관행에 일침을 가한다. "한 번에 여러 관계를 살아가려는 심야"가 만연한 네

풍경에서 펜 소스는 "숙제 같은 권태"를 넘어설 새로운 사유를 요청한다. 펜 소스의 실험 정신은 네가 자기 반복의 늪에서 벗어나 낯선 언어의 가능성을 모색해야 한다는 사실을 역설한다.

펜 소스는 또 다른 너와의 활발한 소통을 통해 네 지평을 확장하려 한다. "어렵게 모인 몇 명의 장교들이 서로 체온을 동기화"하고 "체온의 도착을 반"기는 순간은 펜 소스가 시대와 국경을 넘나드는 공동체와의 협업을 상상하는 모습을 암시한다. "펜 소스의 결정에 의해서 올리브나무가 자랄" 테고, 너는 "멈추지 않는 올리브나무를 보기 위해" "언덕을" 오른다. 펜 소스가 그리는 네 미래는 또 다른 너와의 끊임없는 대화와 번역을 통해 진화하는 새로운 장르다.

펜 소스는 네가 자족적인 심미의 영역에 머물러서는 안 된다는 문제의식 또한 천명한다. "어느 때인가 스케치는 역치에 가까운 명징으로 펜 소스를 혼란에 빠뜨리"듯 펜 소스에게 글쓰기는 이따금 고통스러운 현실을 인식하게 하는 계기다. 하지만 펜 소스는 "변명 같"은 "스케치"를 거부하고 "보이지 않는 펜 소스"로의 여정을 멈추지 않는다. "긴장을 놓지 말자고 다짐할 때마다 무시무시한 먼지에 휘말"리는 수난을 감내하며 펜 소스는 언어를 통한 사회적 비판의 가능성을 모색한다. 너는 이 모든 여정에 동참할 수 있을까.

그런 의미에서 펜 소스가 보여주는 불가능성의 추구, 진리와 자유를 향한 갈망은 네가 나아가야 할 방향을 압축적으로 제시한다. "목소리만이 있을"뿐 "프람에게는 말이 없"다는 인식, "망각에는 설명이 없고/ 어둠의 바깥에는 활자가 없"다는 직관은 네게 언어의 한계를 수긍하며 그 언어로 세계와 역사에 개입하라 촉구한다. "펜 소스는 어떤 믿음을 실현시키기 위해 쓰이지만", 그 믿음의 내용은 너와의 새로운 상호작용 속에서만 구성될 수 있다. 펜 소스는 네게 묻는다. "형태를 짓무르는 내성의 무수한 변화와/ 외형 사이를 가로지르며" 타자의 목소리에 귀 기울일 자신이 있는지. 너는 이 질문에 무엇으로 어떻게 답할 수 있을까.

5

이제 잠시 펜 소스와 멀어져야 할 시간이다. 하지만 펜 소스는 영원히 너를 맴돌며 네 운명을 묻고 또 물을 테다. "펜 소스는 가로챔"이자 "거리의 돌"이며 "물방울 속의 갈증"이기에 너는 펜 소스의 유령과 함께 살아갈 수밖에 없다. "펜 소스를 늘 곁에 두고 있는" 네게 펜 소스는 "공개된 변화"의 또 다른 이름이다. "나에게서/ 나를 지나고 있는 수집품"이자 네 내면에 잠재한 "환멸에의 적응"을 상기시키는 촉매다.

펜 소스의 목소리가 사라진 자리에서 너는 펜 소스와 나 사이의 거리를 가늠해야 한다. "어떤 소리는 발음만으로는 우리를 자유롭게" 하지 못하며 "어떤 어제는 그냥 글자가 걸려 있는 태연한 풍경"에 불과하다. 펜 소스 너머의 세계를 상상하는 일은 펜 소스가 네게 남긴 임무다. "원을 그리는 정돈은 철거"돼야 하고, 네 앞 "오른쪽에는 가여운 올가미"가 놓여 있다. 하지만 펜 소스가 묵묵히 되뇌듯 "완성은 우리를 지켜"보고, "기록은 대지에 스"며들 테다.

펜 소스가 예고한 "심해의 문장들"과 "더 나아가지 못하는 곳"은 결국 펜 소스를 추구하는 너 자신의 언어 너머에 있다. "펜 소스: 나는 너로부터 시작되었어/ 프람: 너는 나에게서 벗어났어" 이 대화처럼 펜 소스와 펜 소스를 좇는 너 사이에는 끝내 거리가 존재한다. 하지만 펜 소스를 사랑한다는 것은 이 거리를 받아들이는 일이다. "혼자서…… 시간을 사랑한다는 끔찍함"을 껴안고, "부서지는 것/ 지켜진다는 감각 없이/ 흐릿한 언어로 쓰여진다는 것"을 수용하는 일이다.

그래서 펜 소스의 귀환은 "서로 멀어진 두 개의 조각상"이 만들어 내는 "단순한 빗물 하나"처럼 조용히 이뤄질 테다. 네게 펜 소스는 "메타픽션의 타깃"이자 "메타픽션이 진지하게 열외를 고려하는 자의식"일 뿐이다. 펜 소스의 "허구를 유예하는 무각감"과 "생물학을 대체하려는 설교"에

현혹되는 순간, 너는 이미 펜 소스가 아닌 무언가를 말하는 셈이다. "혼자 놓여 있을 때 펜 소스는 귓속에서의 보살핌"에 불과하며, 네가 펜 소스에 다가가는 유일한 방법은 펜 소스로부터 멀어지는 일이다.

이것이 결국 네가 펜 소스와 사랑에 빠지는 까닭이다. 펜 소스는 네가 마주한 언어의 한계를 드러내는 동시에 언어를 통해 한계를 뛰어넘으려는 열망 그 자체를 응원한다. 펜 소스는 "두 이야기가 충돌"하는 "살아 있는 악몽"이다. 하지만 그 덕에 너는 "확신의 목소리가 전복적인 논쟁의 내막과 세련된 호소"를 듣는다. 너는 펜 소스가 끝내 네 손을 잡지 않으리라는 사실을 이미 감지했다. 펜 소스 또한 네가 진실에 다가가기보다 그저 진실을 갈망하는 순간을 지켜보고 싶을 뿐이다. 무언가에 이토록 절실히 매달리는 연인의 모습이 펜 소스에게는 낯설고 새롭기만 한 걸까. 그럼에도 네가 펜 소스를 따라 "익숙한 생 추어리를 마주"하고 "공간이 얼굴에 묻"히는 감각을 포기할 수 없는 것은 문학을 사랑하며 문학에 속하는 네 숙명이다.

그러니 다시 펜 소스의 옆에서 걷기 시작할 것. "오늘을 뻗어가"는 여정을 멈추지 말 것. "고통과 왜곡 그리고 수업이 필요"할 때조차 나지막이 펜 소스를 부를 것. 어쩌면 문학은 "종신 상영"되는 "볕에 말린 깃털"일 뿐일지 모른다. 너는 푸석푸석한 깃털 한 오라기로 무엇을 할 수 있을까. 네게는 "자리를 비운" 펜 소스의 자리를 "범람"으로 메울 용기만이 필요할 뿐이다. 네 눈물로, 네 웃음으로, 네 사랑으로.

지은이 **임정민**

1990년 부산에서 태어났다. 2015년《세계의 문학》신인상을
수상하며 작품 활동을 시작했다. 시집 『좋아하는 것들을 죽여
가면서』가 있다.

펜 소스

1판 1쇄 찍음 2024년 5월 17일
1판 1쇄 펴냄 2024년 5월 31일

지은이 임정민
발행인 박근섭, 박상준
펴낸곳 (주)민음사

출판등록 1966. 5.19. (제16-490호)
서울특별시 강남구 도산대로1길 62(신사동)
강남출판문화센터 5층 (06027)
대표전화 02-515-2000 / 팩시밀리 02-515-2007
www.minumsa.com

ⓒ 임정민, 2024. Printed in Seoul, Korea

ISBN 978-89-374-0941-7 (04810)
      978-89-374-0802-1 (세트)

민음의 시

민음의 시
목록

039 **낯선 길에 묻다** 성석제
040 **404호** 김혜수
041 **이 강산 녹음 방초** 박종해
042 **뿔** 문인수
043 **두 힘이 숲을 설레게 한다** 손진은
044 **황금 연못** 장옥관
045 **밤에 용서라는 말을 들었다** 이진명
046 **홀로 등불을 상처 위에 켜다** 윤후명
047 **고래는 명상가** 김영태
048 **당나귀의 꿈** 권대웅
049 **까마귀** 김재석
050 **늙은 퇴폐** 이승욱
051 **색동 단풍숲을 노래하라** 김영무
052 **산책시편** 이문재
053 **입국** 사이토우 마리코
054 **저녁의 첼로** 최계선
055 **6은 나무 7은 돌고래** 박상순
056 **세상의 모든 저녁** 유하
057 **산화가** 노혜봉
058 **여우를 살리기 위해** 이학성
059 **현대적** 이갑수
060 **황천반점** 윤제림
061 **몸나무의 추억** 박진형
062 **푸른 비상구** 이희중
063 **님시편** 하종오
064 **비밀을 사랑한 이유** 정은숙
065 **고요한 동백을 품은 바다가 있다** 정화진
066 **내 귓속의 장대나무 숲** 최정례
067 **바퀴소리를 듣는다** 장옥관
068 **참 이상한 상형문자** 이승욱
069 **열하를 향하여** 이기철
070 **발전소** 하재봉
071 **화엄길** 박찬
072 **딱따구리는 어디에 숨어 있는가** 최동호
073 **서랍 속의 여자** 박지영
074 **가끔 중세를 꿈꾼다** 전대호
075 **로큰롤 해븐** 김태형
076 **에로스의 반지** 백미혜
077 **남자를 위하여** 문정희
078 **그가 내 얼굴을 만지네** 송재학
079 **검은 암소의 천국** 성석제
080 **그곳이 멀지 않다** 나희덕
081 **고요한 입술** 송종규
082 **오래 비어 있는 길** 전동균

001 **전원시편** 고은
002 **멀리 뛰기** 신진
003 **춤꾼 이야기** 이윤택
004 **토마토 씨앗을 심은 후부터** 백미혜
005 **징조** 안수환
006 **반성** 김영승
007 **햄버거에 대한 명상** 장정일
008 **진흙소를 타고** 최승호
009 **보이지 않는 것의 그림자** 박이문
010 **강** 구광본
011 **아내의 잠** 박경석
012 **새벽편지** 정호승
013 **매장시편** 임동확
014 **새를 기다리며** 김수복
015 **내 젖은 구두 벗어 해에게 보여줄 때** 이문재
016 **길안에서의 택시잡기** 장정일
017 **우수의 이불을 덮고** 이기철
018 **느리고 무겁게 그리고 우울하게** 김영태
019 **아침책상** 최동호
020 **안개와 불** 하재봉
021 **누가 두꺼비집을 내려놨나** 장경린
022 **흙은 사각형의 기억을 갖고 있다** 송찬호
023 **물 위를 걷는 자, 물 밑을 걷는 자** 주창윤
024 **땅의 뿌리 그 깊은 속** 배진성
025 **잘 가라 내 청춘** 이상희
026 **장마는 아이들을 눈뜨게 하고** 정화진
027 **불란서 영화처럼** 전연옥
028 **얼굴 없는 사람과의 약속** 정한용
029 **깊은 곳에 그물을** 남진우
030 **지금 남은 자들의 골짜기엔** 고진하
031 **살아 있는 날들의 비망록** 임동확
032 **검은 소에 관한 기억** 채성병
033 **산정묘지** 조정권
034 **신은 망했다** 이갑수
035 **꽃들은 푸른 빛을 피하고** 박재삼
036 **침엽수림에서** 엄원태
037 **숨은 사내** 박기영
038 **땅은 주검을 호락호락 받아 주지 않는다** 조은

083 미리 이별을 노래하다 차창룡

084 불안하다, 서 있는 것들 박용재

085 성찰 전대호

086 삼류 극장에서의 한때 배용제

087 정동진역 김영남

088 벼락무늬 이상회

089 오전 10시에 배달되는 햇살 원희석

090 나만의 것 정은숙

091 그로테스크 최승호

092 나나 이야기 정한용

093 지금 어디에 계십니까 백주은

094 지도에 없는 섬 하나를 안다 임영조

095 말라죽은 앵두나무 아래 잠자는 저 여자
      김언희

096 흰 책 정끝별

097 늦게 온 소포 고두현

098 내가 만난 사람은 모두 아름다웠다 이기철

099 빗자루를 타고 달리는 웃음 김승희

100 얼음수도원 고진하

101 그날 말이 돌아오지 않는다 김경후

102 오라, 거짓 사랑아 문정희

103 붉은 담장의 커브 이수명

104 내 청춘의 격렬비열도엔 아직도
      음악 같은 눈이 내리지 박정대

105 제비꽃 여인숙 이정록

106 아담, 다른 얼굴 조원규

107 노을의 집 배문성

108 공놀이하는 달마 최동호

109 인생 이승훈

110 내 졸음에도 사랑은 떠도느냐 정철훈

111 내 잠 속의 모래산 이장욱

112 별의 집 백미혜

113 나는 푸른 트럭을 탔다 박찬일

114 사람은 사랑한 만큼 산다 박용재

115 사랑은 야채 같은 것 성미정

116 어머니가 촛불로 밥을 지으신다 정재학

117 나는 걷는다 물먹은 대지 위를 원재길

118 질 나쁜 연애 문혜진

119 양귀비꽃 머리에 꽂고 문정희

120 해질녘에 아픈 사람 신현림

121 Love Adagio 박상순

122 오래 말하는 사이 신달자

123 하늘이 담긴 손 김영래

124 가장 따뜻한 책 이기철

125 뜻밖의 대답 김언희

126 삼천갑자 복사빛 정끝별

127 나는 정말 아주 다르다 이만식

128 시간의 쪽배 오세영

129 간결한 배치 신해욱

130 수탉 고진하

131 빛들의 피곤이 밤을 끌어당긴다 김소연

132 칸트의 동물원 이근화

133 아침 산책 박이문

134 인디오 여인 곽효환

135 모자나무 박찬일

136 녹슨 방 송종규

137 바다로 가득 찬 책 강기원

138 아버지의 도장 김재혁

139 4월아, 미안하다 심언주

140 공중 묘지 성윤석

141 그 얼굴에 입술을 대다 권혁웅

142 열애 신달자

143 길에서 만난 나무늘보 김민

144 검은 표범 여인 문혜진

145 여왕코끼리의 힘 조명

146 광대 소녀의 거꾸로 도는 지구 정재학

147 슬픈 갈릴레이의 마을 정채원

148 습관성 겨울 장승리

149 나쁜 소년이 서 있다 허연

150 앨리스네 집 황성희

151 스윙 여태천

152 호텔 타셀의 돼지들 오은

153 아주 붉은 현기증 천수호

154 침대를 타고 달렸어 신현림

155 소설을 쓰자 김언

156 달의 아가미 김두안

157 우주전쟁 중에 첫사랑 서동욱

158 시소의 감정 김지녀

159 오페라 미용실 윤석정

160 시차의 눈을 달랜다 김경주

161 몽해항로 장석주

162 은하가 은하를 관통하는 밤 강기원

163 마계 윤의섭

164 벼랑 위의 사랑 차창룡

165 언니에게 이영주

166 소년 파르티잔 행동 지침 서효인

167 조용한 회화 가족 No. 1 조민

168 다산의 처녀 문정희

169	타인의 의미 김행숙	212	결코 안녕인 세계 주영중
170	귀 없는 토끼에 관한 소수 의견 김성대	213	공중을 들어 올리는 하나의 방식 송종규
171	고요로의 초대 조정권	214	희지의 세계 황인찬
172	애초의 당신 김요일	215	달의 뒷면을 보다 고두현
173	가벼운 마음의 소유자들 유형진	216	온갖 것들의 낮 유계영
174	종이 신달자	217	지중해의 피 강기원
175	명왕성 되다 이재훈	218	일요일과 나쁜 날씨 장석주
176	유령들 정한용	219	세상의 모든 최대화 황유원
177	파묻힌 얼굴 오정국	220	몇 명의 내가 있는 액자 하나 여정
178	키키 김산	221	어느 누구의 모든 동생 서윤후
179	백 년 동안의 세계대전 서효인	222	백치의 산수 강정
180	나무, 나의 모국어 이기철	223	곡면의 힘 서동욱
181	밤의 분명한 사실들 진수미	224	나의 다른 이름들 조용미
182	사과 사이사이 새 최문자	225	벌레 신화 이재훈
183	애인 이응준	226	빛이 아닌 결론을 찢는 안미린
184	애들아, 모든 이름을 사랑해 김경인	227	북촌 신달자
185	마른하늘에서 치는 박수 소리 오세영	228	감은 눈이 내 얼굴을 안태운
186	ㄹ 성기완	229	눈먼 자의 동쪽 오정국
187	모조 숲 이민하	230	혜성의 냄새 문혜진
188	침묵의 푸른 이랑 이태수	231	파도의 새로운 양상 김미령
189	구관조 씻기기 황인찬	232	흰 글씨로 쓰는 것 김준현
190	구두코 조혜은	233	내가 훔친 기적 강지혜
191	저렇게 오렌지는 익어 가고 여태천	234	흰 꽃 만지는 시간 이기철
192	이 집에서 슬픔은 안 된다 김상혁	235	북양항로 오세영
193	입술의 문자 한세정	236	구멍만 남은 도넛 조민
194	박카스 만세 박강	237	반지하 앨리스 신현림
195	나는 나와 어울리지 않는다 박판식	238	나는 벽에 붙어 잤다 최지인
196	딴생각 김재혁	239	표류하는 흑발 김이듬
197	4를 지키려는 노력 황성희	240	탐험과 소년과 계절의 서 안웅선
198	.zip 송기영	241	소리 책력冊曆 김정환
199	절반의 침묵 박은율	242	책기둥 문보영
200	양파 공동체 손미	243	황홀 허형만
201	온몸으로 밀고 나가는 것이다	244	조이와의 키스 배수연
	서동욱·김행숙 엮음	245	작가의 사랑 문정희
202	암흑향暗黑鄕 조연호	246	정원사를 바로 아세요 정지우
203	살 흐르다 신달자	247	사람은 모두 울고 난 얼굴 이상협
204	6 성동혁	248	내가 사랑하는 나의 새 인간 김복희
205	응 문정희	249	로라와 로라 심지아
206	모스크바예술극장의 기립 박수 기혁	250	타이피스트 김이강
207	기차는 꽃그늘에 주저앉아 김명인	251	목화, 어두운 마음의 깊이 이응준
208	백 리를 기다리는 말 박해람	252	백야의 소문으로 영원히 양안다
209	묵시록 윤의섭	253	캣콜링 이소호
210	비는 염소를 몰고 올 수 있을까 심언주	254	60조각의 비가 이선영
211	힐베르트 고양이 제로 함기석	255	우리가 훔친 것들이 만발한다 최문자

256 　사람을 사랑해도 될까　손미
257 　사과 얼마예요　조정인
258 　눈 속의 구조대　장정일
259 　아무는 밤　김안
260 　사랑과 교육　송승언
261 　밤이 계속될 거야　신동옥
262 　간절함　신달자
263 　양방향　김유림
264 　어디서부터 오는 비인가요　윤의섭
265 　나를 참으면 다만 내가 되는 걸까　김성대
266 　이해할 차례이다　권박
267 　7초간의 포옹　신현림
268 　밤과 꿈의 뉘앙스　박은정
269 　디자인하우스 센텐스　함기석
270 　진짜 같은 마음　이서하
271 　숲의 소실점을 향해　양안다
272 　아가씨와 빵　심민아
273 　한 사람의 불확실　오은경
274 　우리의 초능력은 우는 일이 전부라고 생각해
　　　윤종욱
275 　작가의 탄생　유진목
276 　방금 기이한 새소리를 들었다　김지녀
277 　감히 슬프지 않을 수 있겠습니까?　여태천
278 　내 몸을 입으시겠어요?　조명
279 　그 웃음을 나도 좋아해　이기리
280 　중세를 적다　홍일표
281 　우리가 동시에 여기 있다는 소문　김미령
282 　써칭 포 캔디맨　송기영
283 　재와 사랑의 미래　김연덕
284 　완벽한 개업 축하 시　강보원
285 　백지에게　김언
286 　재의 얼굴로 지나가다　오정국
287 　커다란 하양으로　강정
288 　여름 상설 공연　박은지
289 　좋아하는 것들을 죽여 가면서　임정민
290 　줄무늬 비닐 커튼　채호기
291 　영원 아래서 잠시　이기철
292 　다만 보라를 듣다　강기원
293 　라흐 뒤 프루콩드 네주 말하자면 눈송이의 예술
　　　박정대
294 　나랑 하고 싶은게 뭐여요?　최재원
295 　해바라기밭의 리토르넬로　최문자
296 　꿈을 꾸지 않기로 했고 그렇게 되었다　권민경
297 　이건 우리만의 비밀이지?　강지혜
298 　몸과 마음을 산뜻하게　정재율
299 　오늘은 좀 추운 사랑도 좋아　문정희
300 　눈 내리는 체육관　조혜은
301 　가벼운 선물　조해주
302 　자막과 입을 맞추는 영혼　김준현
303 　당신은 오늘도 커다랗게 입을 찢으며 웃고 있습니
　　　신성희
304 　소공포　배시은
305 　월드　김종연
306 　돌을 쥐려는 사람에게　김석영
307 　빛의 체인　전수오
308 　당신의 세계는 아직도 바다와 빗소리와 작약을
　　　취급하는지　김경미
309 　검은 머리 짐승 사전　신이인
310 　세컨드핸드　조용우
311 　전쟁과 평화가 있는 내 부엌　신달자
312 　조금 전의 심장　홍일표
313 　여름 가고 여름　채인숙
314 　다들 모였다고 하지만 내가 없잖아　허주영
315 　조금 진전 있음　이서하
316 　장송행진곡　김현
317 　얼룩말 상자　배진우
318 　아기 늑대와 걸어가기　이지아
319 　정신머리　박참새
320 　개구리극장　마윤지
321 　펜 소스　임정민